盜賊

雲之

卷之伍

帝都誰與爭鋒

庚新 著

超合金叉雞飯 繪

卷伍

目錄

章一　惡來鬥虎癡（上）

虎、衛之爭，日益臨近！

許都大街小巷，都在討論這場即將到來的龍爭虎鬥。

典韋和許褚，都是世之虎將。一個有惡來之名，一個號稱虎癡，而且都是曹操最寵信之人。

這一戰，將會決定出誰才是近衛第一人，所以引起了很多人的興趣。

有的說，是虎賁無敵；有的則認為，虎衛勇猛。

總之，各種猜測層出不窮，也使得這一場演武，披上了神秘之色。同時，曹操還宣稱，比武之後，會有一些獎賞。但獎賞什麼？他卻沒有說清楚，更使得人們產生了無比好奇。

七月初十，演武當日。

曹賊

章一　惡來鬥虎癡（上）

曹朋一大早，便來到了西苑校場外。

「阿福！」

遠遠的，就看見曹真一身戎裝，正朝他招手。曹朋連忙答應，催馬上前，和曹真見禮。

「阿福，我打聽到了！」

「打聽到什麼？」

「毓秀樓那些人……是徐州呂布的使者。還記得差點被我撞倒的那個人嗎？他就是陳元龍！」

許都，驛館。

陳登高臥於床榻上，直至天光大亮，也沒有起身。

「元龍，咱們今天準備做什麼？」一個文士打扮的男子，推門徑自走進房間。

陳登背對著房門，眉頭微微一蹙，這才慢慢坐起來。

「今日只在驛館歇息，無處可去。」

「那溫侯所託之事……」男子連忙問道：「你我來許都已有多日，至今仍未能得見曹公。當日你與溫侯說，協同曹公，拒婚於袁公路。可到現在曹公也沒有召見咱們，又是何道理？」

陳登不慌不忙站起來，轉身時嘴角微微一撇，閃過一抹不屑冷笑。

不過回身時，已恢復了笑容。

他笑呵呵道：「仲節，你急又有什麼用處？你應當清楚，此次溫侯求徐州牧，非比尋常。這文書已經遞送，該拜訪的人，也都拜訪了……這兩日你一直跟著我，應當看得很清楚。」

「可是……」

「仲節，有些事情，急不得！」陳登一副語重心長的模樣，教訓了那男子幾句。而後他輕聲說：「這求官，可不比打仗，靠的是關係，講的是耐心。該拜訪的人，這幾日都拜訪過了。文若、公達自不必說。包括鍾繇、孔融，還有劉曄，你都已經見到，我還能怎麼樣呢？」

男子有些赧然，拱手道：「元龍，魏續是個粗人，剛才言語若有不敬之處，還請你多海涵。只是這麼等下去，究竟要等到什麼時候？」

魏續，是呂布的親戚，也是呂布帳下八健將之一。

陳登笑道：「仲節不用擔心，想來也就是這幾日光景。曹公出兵討伐袁術在即，必會給溫侯一個滿意。聽說今天是曹公帳下典韋和許褚兩員虎將比武，只可惜咱們去不得，否則也能探聽虛實。」

西苑，在皇城一側，屬於禁地。虎賁軍和虎衛軍基本上都駐紮於這帶，負責皇城保衛工作。

魏續冷冷一笑，「有甚可看？不過是溫侯手下敗將耳……既然元龍如此說，那就再等兩日。我去找地方喝酒，元龍可有興趣同往？」

陳登一拱手，「仲節美意，陳登心領。不過陳登今日與子緒相約，準備去龍山賞楓葉，怕是不能同行。子緒過些時日，便要和元常前往長安。我正好藉此機會，再拜託子緒一番。」

子緒，就是杜襲。

魏續之前和陳登曾拜訪過杜襲，在杜襲家裡做客的時候，杜襲甚至連酒宴都不願意招待。雖然後來在毓秀樓上安排了一頓，可作為主人的杜襲卻沒有出現。原因嘛，非常簡單！杜襲看不上呂布，更不屑和魏續同席，估計若不是陳登也在，杜襲根本不會讓魏續踏入他家的大門……

一想到杜襲那張死人臉，魏續就倒胃口。他和陳登客氣兩句後，便自己離開了驛站……

等魏續走了，陳登這才洗漱裝扮。內穿一件短襟襜褕，外罩一件月白色禪衣，便帶人離去。

東漢時期，士人著服裝，大都有一定的規矩。

一年四季按照五時著裝。春季用青色，夏季著紅色；季夏時，又以黃色為主；至秋季，多用白色，冬季則著黑色。普通人穿著沒有這麼多講究，許多時候，一年四季可能就一套衣裝。但士人就必須遵循這些習慣，如若穿錯了衣著顏色，那便會被視為無禮的舉動……

出城門口，陳登就看到了杜襲在不遠處站立。他連忙下馬，上前拱手問好。

「子緒！」

杜襲也微微一笑，兩人走近時，他輕聲道：「我已和元常相約，正午時分，咱們在風雨亭相聚。」

「子緒，多謝了！」

杜襲連連擺手，隨後上馬，與陳登並轡離去。

二人走不久，就見魏續從城門旁邊閃出。他望著陳登的背影，暗自點點頭，這才轉身走進城門。

臨來之前，軍師陳宮曾告誡魏續：不可輕信陳登。

陳登是廣陵人，不僅是當地一大豪族，更是徐州本地最具名望的世族之一。陳登的從祖父名叫陳球，是東漢末年的光祿大夫。而陳登的父親陳珪，表字漢瑜，年少時與袁紹袁術等人相知，也極有名望。陳登年二十八歲，機敏高爽，博覽群書，是個極有風度和才學的人，二十五歲時被舉為孝廉，出任東陽長，同樣是政績卓絕。

呂布，是個外來戶。而且他能占領徐州，也不是名正言順。前徐州牧陶謙臨死，將徐州託付給了劉備。後來呂布在兗州對曹操戰敗，如喪家犬般投奔劉備。

劉備收留了他，但呂布隨即便奪走了徐州。這也是呂布為什麼急於獲得徐州牧這個封號的原因。他需要一個名正言順的身分，那麼最名正言順，莫過於漢帝授予的徐州牧……

呂布知道陳登在曹營頗有人脈，所以就拜託他前來向曹操求官。而呂布的謀士陳宮，卻是從心眼裡不太放心陳登。他命魏續暗中監視陳登的一舉一動，不過從來到許都之後，陳登的表現很正常，讓魏續也漸漸放心。

龍山楓紅？有甚好看……魏續一邊走，一邊心裡嘀咕。

抬頭看去，就見不遠處一座酒肆門外，布幌飄擺。

魏續心中頓時大喜：與其跑那荒山野嶺看什麼楓紅，倒不如在這裡，大碗喝酒，大塊吃肉來的盡興！

嗚．嗚．嗚……

西苑校場上空，號角聲長鳴，旌旗招展，彩帶飄揚。校場周圍，有全副武裝的銳士守護，隨著一隊隊車仗駛入校場，氣氛頓時達到了極致。

正中央一座望樓，曹操高踞其上。

兩旁，則是一座座小望樓，裡面坐著的，大都是曹軍將領。

從東起，依次是曹氏宗族的將領，曹仁、曹洪、曹純、夏侯惇等人，都聚集在了一處。陳留太守夏侯淵，由於公務繁忙，所以沒有回來，但曹操還是專門為他設立了一座望樓。只是望樓窗戶上，垂著一層幕簾。站在外面，隱隱約約可以看到裡面人影晃動，夏侯淵的家眷大都留在許都，難道是他的家人？

主望樓西面，大都是外姓將領，曹軍核心的成員、非曹氏子弟，都聚集於此。如回京述職，即將接替族兄出任離狐太守的李典、裨將軍徐晃、平虜校尉于禁等人，都坐在這裡。除了這些武將之外，荀攸、郭嘉、棗祗、毛玠等重要成員，也都聚集於這裡觀戰。

不過，曹操帳下極為重要的幾位謀士都不在。

荀彧是有公務，無法脫身；程昱則因為駐守東郡，也不在許都。鍾繇呢？要準備前往長安，所以也沒有前來觀戰。鍾繇本身也精通兵法，也許在他眼裡，典韋和許褚之爭，並無什麼意義。

事實上，縱觀曹操帳下，能被鍾繇看重的人，也不過是寥寥而已。

曹操身著黑衫，端坐主樓。

按道理，他應該著白色服裝才對，但由於曹操的膚色略黑，穿白色衣服，就會顯得非常醒目。一襲黑色禪衣，反而更能凸顯出他獨有的氣質和威嚴。

越底層的人，越重視細節。曹操重威儀，名士重禮儀……這種事情，很難說誰對誰錯。只能說，身分和地位的不同，考慮問題的側重點也不一樣。

曹朋覺得，如果讓曹操換上一身白色衣服坐在那裡，才是真正的不倫不類。

曹汲，就坐在主樓下方的一個小案子後。

如今的曹汲，身分也不一樣了。此次受曹操之邀，前來西苑觀戰。而且，被分在主樓下方的客位上，足以見曹操對他的重視。

曹朋和曹真走進校場，並沒有過去和曹汲一起坐。自家事情，自家清楚……曹操看重的是曹汲，而非曹朋。換句話說，曹朋沒有資格坐在那邊。

君不見曹真，也只能在望樓前觀戰，甚至連坐在樓上的資格都沒有。這裡是校場，一切都是依著軍中規矩，你沒有爵位，沒有戰功，沒有威望，就只能待在下面。曹朋能進入校場，說實話，還是託了曹真的福，如果不是他那小八義之名……估計連校場大門都不得進。

咚．咚．咚．咚……

急促的戰鼓聲敲響，令人熱血沸騰。

「阿福！」

曹朋正聚精會神的觀戰，忽聞頭頂上有人喊他的名字。抬頭看，就看到曹洪那張嚴峻的面容。他正在衝曹朋招手，示意曹朋上望樓和他一起觀戰。

曹真笑了，「阿福，你上去吧……估計叔父是有事情，要詢問與你。」

曹朋點點頭，翻身下馬，把韁繩遞給了夏侯蘭。然後又衝著王買和鄧範點點頭，示意他們跟著曹真，不要到處亂走。

王買和鄧範表示明白。

曹洪呼喚曹朋，自然引起了很多人的關注。

曹操不禁感到奇怪。

眾所周知，曹洪的人緣不算太好，特別是他那吝嗇的性子，就連曹氏宗族的將領也對他好感不多。而且，曹洪也從不拉幫結派，很少和別人產生交集。他的宗旨就是：老子賺老子的錢，哪個敢攔我，老子就不客氣。

貪婪又吝嗇，這人緣可見一斑。

不過，曹洪雖有這樣那樣的毛病，對曹操卻忠心耿耿。他越是貪，越是吝嗇，就越說明他沒有野心，曹操也就越是相信他，容忍他的諸多毛病……

可曹操從來沒看到過，曹洪這麼主動和一個小孩子打招呼。

即便是對曹昂、曹丕，曹洪也都不會表現出太大的熱情。

「公仁，那是誰家子弟？」曹操直起身子，翹首向曹朋看去。

沒辦法，他個子矮。如果不坐直了，恐怕就看不見外面的狀況。

在曹操身旁，站立著一個近五旬的男子，相貌俊秀，頜下長髯。他個頭很高，大概在一八〇左右……呃，至少站在曹操身邊，他顯得很高。

聞聽曹操詢問，男子向外看了一眼：「主公，那孩子應該就是小八義之一。」

「哦？」

「看年歲，好像是曹大家之子。我聽說曹大家之子年紀最小，但很聰明，子丹待他甚厚。」

男子名叫董昭。他原本是袁紹的部下，多有功勞，但因為袁紹多謀少決，且帳下謀士心思不齊，拉幫結派，相互傾軋。董昭因受讒言，而不得不離開，轉而投奔了張揚。後來隨張揚迎接漢帝，被拜為議郎。

正是這董昭，建議曹操將漢帝遷往許縣。之後，曹操又拜董昭為司空掾，董昭便成了曹操的謀士，甚得曹操信賴。只看曹操眾多謀士，唯有董昭可以待在主樓，就能看出端倪。

當然，也不是說曹操除了董昭，其他人就不相信。比如郭嘉，比如程昱，曹操對他們的信任遠勝於董昭。只是程昱不在許都，而郭嘉又是個懶散的性子，於是乎，董昭便登樓相陪。

曹大家的兒子？

曹操的目光，不由得向主樓旁邊的側樓客座看去。

曹汲一副緊張的模樣，正疑惑的看著曹朋登上曹洪的望樓。看他的表情，甚至可能不知道那樓裡坐的是什麼人。也就是說，曹汲並不清楚曹洪為什麼會找曹朋。這也讓曹操更加好奇！

咚咚咚咚……

鼓聲越來越響，曹操的心神從曹洪那邊收回來，起身走到望樓窗前。

「君明新建虎賁，與仲康之虎衛相爭。乃宿衛之爭，勝者將隨某家征伐逆賊袁術，負者留守許都……諸將皆可做出評判，以論勝負。現在，演武開始！」

勝者征伐袁術，負者留守許都？

對於典韋和許褚而言，都難以接受失敗的結果。

對典韋而言，曹操攻打湖陽的時候就沒有帶上他，如果這次再不能同往，即便是當了這虎賁中郎將，典韋也無顏繼續與許褚相爭。而許褚呢，也無法接受失敗，他若是失敗了，就等於是輸了這虎衛之爭的第一陣，日後再想和典韋爭奪，就變得很困難……甚至沒有希望。

那日曹朋在毓秀樓，對許儀說出的那番話，許褚並沒有往心裡去。

事實上，許褚並不重視曹朋。他所重視的是鄧稷……至於什麼責任啊、榮耀啊……許褚一句都沒聽進去。為將者，若不能先登陷陣，又算得上什麼大將？不能斬將殺敵，如何建功立業？

許褚背後背負著一個龐大的宗族，他的每一點成就，都會關係到背後宗族的發展。之所以投奔曹操，不就是為了壯大宗族嗎？如果臨戰縮在後面，不能建立功業，那如何壯大宗族？

而典韋，就沒有這方面的壓力。

虎衛軍在隆隆的戰鼓聲，衝進西苑校場，迅速擺開了陣勢。

相比之下，虎賁軍則顯得有些遲緩。一隊隊、一列列虎賁自校場北門進入之後，在鼓聲之中隨著鼓點而動，旋即列出一個方陣。

典韋跨坐一匹戰馬，隨隊伍緩緩進入了校場。在他身後，跟隨著兩個青年。個頭相對較高，體態略顯單薄瘦削的青年，名叫夏侯衡，字伯權，是夏侯淵的長子；而另一個個頭略顯矮，體格粗壯的青年，就是曹操的族子曹休！

三人列於陣後，並沒有立刻發動攻擊。

曹操在望樓上看得清楚，許褚擺出的是一個錐形陣，長於攻擊；典韋的方陣，則屬於攻守平衡。換句話說，方陣主守，則攻有不足。正中央，八百長矛手；兩邊，各有二百刀盾手護著側翼。後軍是騎軍，隨時準備出戰。不過騎軍的裝束，似乎和曹操印象裡的有些不同。

「公仁，虎賁的騎軍，怎麼看上去有些古怪？」

董昭眯著眼睛，凝神打量。

發現這一點的人並不止是曹操，望樓中所有的將領，都敏銳的覺察到虎賁騎軍的不同。

他們的馬鞍有些怪異。兩頭翹起，騎士坐在中間，似乎有固定的作用。而且，馬鞍下，一邊一個，用繩索穿著兩個三角鐵形狀的東西，騎士的雙腳就探進那三角鐵中，而不是和從前一樣，依靠雙腿夾緊馬腹。

「阿福，君明馬上配備的，是什麼玩意兒？」正在和曹朋討論生意經的曹洪，也注意到了這一點，輕聲問道。

「那是我爹早先設計出來的小玩意兒。那馬鞍，叫做高橋鞍。你看鞍子兩邊翹起來的部分，像不像是橋的護欄？人坐在這種鞍子上，可以更舒適，而且更穩固。鞍子下面的兩個，叫做馬鐙，可以使雙腳借力，還能減輕負擔。若戰場交鋒，能夠令騎者戰力增強許多……」

「這是你爹設計的？」

曹朋說：「不是我爹設計，還能是誰？」

曹洪忍不住讚道：「曹大家不愧當世奇人……若非隱墨鉅子，焉得如此奇思妙想？君明真他娘的有福氣！嘿嘿，這一戰，依我看仲康怕是要倒楣了！阿福，你知道我買的是誰贏嗎？」

曹朋搖搖頭，表示不太清楚。

「哈，我買的是君明勝出！你可知道為什麼？」

曹朋再次搖頭……

曹洪一臉得意笑容，「那天我回去後，仔細看了你的那本手冊……阿福，你說你這腦袋，究竟是怎麼長的？居然能想出這麼多鬼主意！嘿嘿，我就覺得，你都如此厲害，你爹又豈能是等閒之輩？你父子和君明關係那麼好，絕不可能坐視君明戰敗，肯定會為君明出謀劃策。仲康那腦袋，估計不是你們的對手……所以第二天，我就讓人增加了賭注，買君明勝出。」

曹朋看著曹洪，半天說不出話來！

這時候，校場中二通鼓響，虎衛軍在鼓聲之中，突然動了！

依著許褚對典韋的瞭解，臨戰二通鼓響，典韋勢必會發動攻擊。

他承認，虎賁軍的隊形很漂亮，非常整齊。可漂亮整齊，又能怎樣？打仗靠的是機變，靠的是勇武氣概。虎衛軍身經百戰，特別是剛經歷過湖陽縣大勝之後，信心正處於爆滿之時，別說典韋，就算是面對于禁、曹仁、徐晃和夏侯淵的部曲，許褚也有信心狠狠咬他們一口。

鼓聲忽而急促，但虎賁軍巍然不動。秋時涼風送爽，可太陽頭還是很毒辣。許多站在蔭涼中的人，都感覺到有些熱，更何況全身披甲，立於校場當中的虎賁軍？

曹操從榻上起身，眸子中透出一抹驚喜之色。

「君明，竟練得如此沉穩嗎？」

任虎衛軍變換陣型，虎賁軍始終沒有做出反應。

士卒們一個個凝立於陣中，看似雕像一般，沒有任何聲息。鼓聲隆隆，一邊是喊殺聲震天，一邊卻是鴉雀無聲。偏偏那鴉雀無聲的一方，令人生出一種莫名的恐懼。就好像……一座山？

那種沉靜，令在場所有人都為之動容。特別是曹仁、徐晃、于禁幾人，也都站起身。

曹操原本正在思忖典韋的三百騎軍，忽然見到這種狀況，便把那騎軍之事暫時拋在腦後。隱隱有一種感覺，典韋這支東拼西湊，組建不過兩個月的虎賁軍，說不得會給他帶來驚喜。

而許褚，也微微有些動容……

不動，如山！

郭嘉突然想起了一句話。

當日荀彧曾對他說過，典韋練兵之法，源自曹朋的幾幅圖畫。

當時郭嘉並沒有在意。後來聽人說，典韋練兵，極重法度，還以為是鄧稷在一旁幫忙操演。可眼前這支兵馬，顯然融入了一種魂魄！

說不清楚，但郭嘉知道，這絕非鄧稷能夠賦予。下意識，郭嘉的目光向一旁望樓看去。雖然中間隔著曹操的主樓，可郭嘉仍能覺察到，曹朋正在微笑頷首。

「其疾如風，其徐如林，侵略如火，不動如山。」曹朋笑著對曹洪道：「叔父，典中郎這支兵馬，堪一戰否？」

曹洪點點頭，「仲康今天，要有麻煩了……」

章二 惡來鬥虎癡（下）

時間一點點推移，日頭越來越毒辣。許褚在接連數次試探之後，也看出虎賁軍的虛實。而虎衛軍，卻有些亂了！許褚治軍也很嚴格，但虎衛軍大都是以許氏宗族子弟為主，所以不免有些驕橫。打順手的時候，虎衛軍如狂風驟雨，橫掃一切；但如果遇到僵持狀況，就少了幾分耐性。有的時候，戰場上不禁要拚智謀，拚勇武，拚反應，還要拚一下耐性。這是一種氣質，絕非一時半會兒可以打造出來。

許褚是個性子急躁的人，他心裡這一急躁，連胯下戰馬都開始躁動，更不要說他身邊眾人。

「仲康，出擊吧！」

許定有點耐不住了……一方面，許褚遲遲不肯出擊，讓許定不耐煩；另一方面，對面虎賁軍所表現出來的沉穩，更令許定有一絲難以覺察到的惶恐。他也說不清楚，同時更感覺羞愧！想他堂堂虎癡兄長，也是這虎衛軍的第二號人物，怎麼可以在這種時候產生惶恐？

「叔父，請出擊吧。」

周圍眾將，紛紛請戰。

許褚一咬牙，拔刀在空中用力一劈：「虎衛，陷陣！」

隨著他這一聲呼喊，戰鼓聲齊鳴。

不過這一次，不僅僅是虎衛軍的戰鼓聲在響，就連虎賁軍的戰鼓也同時響起。

典韋在馬上微微一點頭，在他身旁的曹休立刻抬起手來，掌心向外，掌背向內，向前連推三下。

也正是這三次推手，虎賁軍動了！

「殺！殺！殺！」

中軍八百長矛手，同時出擊，前行三步。

八百個人，一千六百條腿，整齊的如同一個人。當那八百隻腳同時落地，校場中竟迴響起一聲轟響，隱隱將戰鼓聲壓制。手中長矛同時斜舉，槍頭朝外，平整的如同水平面般，沒有任何的起伏。

這是後世的隊列操演。不論是軍人，還是警察，都必定會經歷過這種操演。每一步邁出的距離，每隻手臂擺動的幅度，都有非常嚴格的要求。

可能警察的訓練沒有軍隊那樣整齊，但道理卻是相通。這種隊列操演，不僅僅是為了訓練協同性和榮譽感，同時也極為強調紀律。為了這三步，典韋足足耗費了一個月的時間，在夏侯衡和曹休的協同下，才算有了雛形。

別小看這樣的訓練，並非每一支部隊都能做到。

首先，你主將得能壓制住軍中的那些銳士。這可不是單憑什麼同甘共苦就可以做到，你威望不足，權柄不夠，休想把這些從各部抽調而來的銳士制服。但凡精英，必然桀驁……哪怕你是皇親國戚，沒有威望，沒有強橫的實力，也別想令這一千五百精卒向你低下頭。

典韋，恰恰就是那種可以震懾這些銳士的猛將。

而夏侯衡和曹休，雖然聲望不足，卻有身分。一個是夏侯淵的兒子，曹操的侄女婿；另一個是曹操的族侄，被稱之為『吾家千里駒』。這兩個人，再加上典韋凶名在外，誰又敢不服呢？

虎賁軍這一動，校場中傳來一連串的驚呼聲。

曹操下意識握緊著欄杆，臉上露出一抹淡淡的笑意：「君明，有大將之風。」

三步跨出，撲面而來的殺氣，令虎衛軍出現一絲慌亂。

此前，虎賁軍軍容鼎盛，但卻沒有任何殺氣流露。那是一種內斂的、含蓄的殺氣，一旦爆發，格外恐怖。

許褚見此情形，頓時急了，「出擊，虎衛出擊！」

這個時候，如果虎衛軍再不出擊，一旦等虎賁軍行動起來，很可能會出現潰敗的局面。

在這種情況之下，最好的辦法就是出擊，用戰鬥來解決惶恐……許褚相信，只要雙方交兵一處，虎賁軍那漂亮的陣型，就會立刻混亂。

八百虎衛，吶喊著衝向虎賁，猶如一股黑色洪流，洶湧奔行。

可就在虎衛軍發動衝鋒的時候，曹休突然大吼一聲，「虎賁如山！」

八百長矛手立刻止住了前進的腳步，同時在急促的鼓聲中，一個個同時微微下腰，身子成弓形，長矛依舊斜舉，做出了防禦之勢。

「山，山，山……」

長矛手發出咆哮。

典韋向夏侯衡看去，那意思是：要不要攻擊？

夏侯衡搖搖頭，「虎衛尚未混亂，錐形鋒利，當以防禦為主。將軍不必擔心，且靜觀之。」

典韋只是坐鎮中軍，日常操演都是曹休和夏侯衡為主。夏侯衡這麼說了，他自然不會反對。論搏殺疆場，十個夏侯衡也非典韋的對手。可若論掌握戰機，變換陣型，二十個典韋也非夏侯衡的對手。

虎賁軍此時沉穩如山，黑色洪流撞擊巍峨大山，水流雖猛，卻無法令大山傾倒。

「一！」曹休策馬，嘶聲吼叫。

首排長矛手突然挺身直立，長矛收回，直立而起。衝在最前端的虎衛長矛手，挺槍就刺。卻見虎賁手中的長矛，貼著刺來的長矛向側一崩。這個在槍法中，叫做『叩』。不等虎衛軍有反應，二排長矛手斜舉長矛，橫裡一掃，將槍頭打開。隨即三排矛手邁步向前，一矛刺出。

叩、掃、刺！

三個動作，三個人使用，卻如同一個人施展。

第三排長矛手刺出的同時，邁步衝到最前面，長矛直立，叩攔對方的長矛。而後原先第一排的長矛手橫掃撥打，原來第二排的長矛手踏步刺殺，而後再次扣攔……如此反覆不停。

三排長矛手穿插交錯，進退猶如一人。

虎衛軍的確兇悍，可在交手的時候，他們往往面臨一打三的局面。在校場狹小的空間中，他們占不到任何便宜。從雙方投入戰鬥的兵力來看，持平，可是從局部而言，虎衛軍始終占據人數的劣勢。也幸虧是演武，所以長矛都是以硬木桿子代替，否則的話，虎衛軍勢必死傷慘重……

「這什麼陣法？」曹操忍不住一聲驚呼。

看虎賁軍進退穿插，八百人整齊如一，絲毫不亂，在隆隆鼓聲中，伴隨著一聲聲呼喊，令曹操也不禁血脈賁張。

其他望樓裡的將領，被虎賁軍那種有序、整齊如一的搏殺，弄得眼花繚亂。這些人，哪個不是身經百戰？可何時曾見到過這八百人如同一人的搏殺方式？一時間，所有人都陷入沉默。

若我領兵出擊，能否取勝？

同樣的疑問，在曹仁、徐晃、于禁等人腦海中浮現。

「來人！」

「喏！」

曹仁是第一個反應過來，喚來親隨道：「持我名刺，即刻送往虎賁府，就說演武之後，請君明毓秀樓飲酒。」

身為曹氏宗親中最善於治兵的人，曹仁敏銳的覺察到典韋這練兵的手段不凡之處……

「哥哥！」一直坐在曹仁身旁的青年，起身道：「還是由我親自前往，以示誠意。」

這青年，名叫曹純，字子和，是曹仁的弟弟。從曹操起兵討伐董卓開始，曹純便跟隨曹操南征北戰。如今以議郎的身分，參司空軍事，也是曹操極為看重的一員曹姓將領。

曹純比曹仁小很多，年方二十五，喜好騎戰，最擅長的就是奔襲之術……曹純之所以自告奮勇，其實也有他的想法。曹操從討伐董卓開始，見識了西涼騎軍的厲害之後，便一直有一個想法，就是組建起一支比西涼騎軍更勇猛的騎軍。

此前，由於中原缺馬，曹操手中的騎軍數量不多，所以一直沒有行動。而今曹操占居三州之地，而連通西域的關中正處於混亂，昔日對中原的戰馬買賣也漸漸放開，這使得曹操重又動了組建精銳騎軍的想法。

曹純是曹操身邊最信任的宗親，當然瞭解曹操這個想法。事實上，曹純也希望能組建一支這樣的騎軍，建立功業。看到虎賁軍的騎軍裝備之後，曹純立刻覺察到，那些裝備很有可能使騎戰之法出現質地飛躍。

曹純笑道：「哥哥，君明上次遇險，卻真得了寶貝。可恨這傢伙，變壞了……手裡有這麼多好寶貝，卻從不與我們談起。若非今日演武，不曉得他會隱藏到什麼時候。主公欲建精騎虎豹，由來已久。這次君明可真是立下了一件大功。」

「聽說，阿滿已經十六了？」

曹純一怔，點點頭，「嗯，剛過十六。」

曹仁輕輕撚著鬍鬚，沉吟半晌道：「阿媛業已成人，我正欲為她尋找親家，你以為可行否？」

阿媛，名叫曹媛，曹仁之女，年方十三歲。古代女子早熟得很，十二、三歲出嫁比比皆是。

曹純笑了，「阿滿這孩子不錯，身手好，且性情淳厚。君明一家也都是老實人，若阿媛嫁過去，倒也是一樁美事。不過哥哥，這件事最好還是稟報主公，由主公出面說項，定能成功。」

「如此，你去虎賁府，我這就去找主公。」

曹仁和曹純，一起走下望樓，而校場中，虎衛軍已經是節節敗退。

一開始，虎衛軍尚還能抵抗。可隨著虎賁軍的鼓點越來越快，虎賁軍的行進也隨之加快，如同排山倒海，虎衛軍根本就無法抵抗。

許褚氣得哇呀呀吼叫，到了這個時候，他似乎明白了許儀那天晚上，告訴他的那些話語……

「刀盾兵，刀盾兵出擊，自兩肋穿插。」

許褚一聲令下，兩邊四百刀盾兵，同時出擊。

與此同時，夏侯衡笑了，「將軍，可令刀盾兵穿插矛兵，騎軍出擊。」

典韋點點頭，擺了擺手。

此時的典韋，絕對是爽得要死。從頭到尾，他幾乎沒有說話，只是做了幾個動作，一直視為大敵的虎衛軍，便在他面前灰飛煙滅。這世上，有什麼事情能比羽扇綸巾，談笑間檣櫓灰飛煙滅的事情更能夠裝逼耍酷呢？

曹休面色沉冷，雙臂伸出之後，向中間合攏，兩邊刀盾兵立刻開始向中央集中。與此同時，騎軍隨著鼓聲再次加急，呼嘯著便衝向虎衛刀盾兵。

虎賁騎軍，清一色短弓長刀，先是一陣速射，待靠攏虎衛刀兵之後，拔出刀就衝了過去。

以前沒有馬鐙，沒有馬鞍，這騎軍多是以襲擾為主。騎射的要求太高，不是一般人能夠做到，而今有了這兩樣寶貝，情況自然不同，騎軍可以藉助戰馬的衝擊力，揮刀劈砍。

虎賁軍所用的長刀，全都用硬木夾裡，否則的話，這一刀下去，人借馬勢，馬借人力，能把人一刀劈成兩半。衝入虎衛刀盾兵之後，七尺長刀連連劈砍。當對方距離靠近的時候，騎手還可以用腳蹬踹擊對方的腦袋。這就是馬鐙的用處，使得騎手在馬上更加靈活……

虎衛軍哪見過這樣的打法，只眨眼工夫，陣型散亂。

「騎軍，用騎軍衝鋒！」許定大吼一聲，催馬便衝了出去。

身後三百騎立刻聞風而動，轟隆隆鐵蹄踏踩，朝著虎賁軍席捲而去。

只不過，虎衛騎軍的出擊……明顯晚了！

隨著虎賁刀兵出擊，虎賁長矛手已經從戰場上擺脫出來，架起了矛陣，攔住了虎衛騎軍！

許褚的面頰劇烈抽搐，手扶刀柄，幾次想要殺出去。

就在這時候，只聽鐺鐺鐺……急促銅鑼聲響。

那是收兵的信號！

曹操心滿意足的看著兩方兵馬從膠著中分離開來，眼中充滿了笑意。

「公仁，請曹大家前來。」

董昭立刻明白了曹操的心思，轉身向側樓行去。

一邊走，董昭一邊嘀咕：看起來，主公這是準備大用曹汲！

「曹大家，主公請曹大家，主樓一敘。」

曹汲正看得眉飛色舞。典韋取勝，他比誰都高興……因為典韋和他的關係擺在那裡，而且這一場勝利，還摻雜著他的努力，曹汲又焉能不高興呢？只是聽聞曹操要召見他，曹汲還是嚇了一跳，心裡面感到萬分的緊張！顫巍巍站起來，整了一整衣襟，隨董昭邁步走進了主樓。

校場上，有小校清理戰場。

在剛才那短暫的交鋒中，虎賁軍折傷約八十餘人，而虎衛軍的損失……卻無比慘重。八百長矛手，幾乎全軍覆沒，四百校刀手，折損了一小半。騎軍傷亡最小，也損失了八十餘人。其中身為騎軍主將的許定，還被對方生擒活捉……

不需要評判，勝負一目了然。虎衛軍一個個鼻青臉腫，垂頭喪氣。而虎賁軍卻沒有半點戰勝的模樣，依舊保持著整肅陣型，巍然不動。

疾如風，徐如林，侵如火，穩如山！

虎賁軍把那『風林火山』四個字，演繹的淋漓盡致。

許褚臉色鐵青，坐在馬上，一言不發。突然，他縱馬衝出本陣，在校場中厲聲喝道：「典韋，可敢與俺鬥將！」

許褚急了……

如果虎賁軍這一戰是慘勝，許褚說不定還能忍受。畢竟虎賁軍所展現出來的協同作戰能力，遠非虎衛軍可比擬。許褚輸，輸得心服口服。但這一戰，他輸得太慘，慘到他難以接受。

「子孝，子和，攔住仲康！」

曹仁和曹純剛登上主樓，就聽到曹操厲聲喊喝，二人立刻轉身從望樓上跑下去，與此同時，曹真等人策馬衝出，在校場中間設下一道屏障。

「叔父，快回去！」

許褚瘋了似地吼道：「典韋，可敢與我一戰？」

典韋那火爆脾氣，從來都是他去主動挑戰，怎受得了別人向他挑戰？二話不說，催馬就往前走，「爾等讓開……許褚，典某就與你一戰，讓你今日心服口服！」

典滿衝過去，一下子就攔住了典韋的坐騎：「父親，不要過去！」

而許儀也到了許褚跟前，翻身下馬，一把抓住了許褚的馬韁繩。

「阿滿，你給我讓開……不就是打架嗎？我典韋連呂布都敢打，況乎一頭蠢老虎？許仲康，撒馬過來。」

許褚氣得哇哇大叫，「典韋，你別得意，我今日必與你決一高低。」
一時間，校場中亂成了一片。
曹操也顧不得招呼曹汲了，讓董昭負責接待曹汲，他匆匆就跑下望樓。
曹汲呆立在望樓中，走也不好，留也不是……沒想到會發生這樣的事情，讓他非常尷尬。
董昭也是搖頭，無奈的苦笑！
這時候，望樓上的眾將紛紛衝下來，把許褚和典韋分隔開來。
曹洪揉了揉面頰，突然間呵呵笑了，「走吧，打不起來的。」
「叔父，你不過去阻攔他們嗎？」
「攔什麼攔，許褚也不是傻子……你以為他真要和典韋決鬥？那就是給自己找個臺階下而已。別的不說，真打起來，典韋有馬鞍馬鐙的優勢。如果說兩人從前半斤八兩，現在嘛……」曹洪笑著搖了搖頭。
怪不得這傢伙在曹營中不討喜。
曹朋就覺得曹洪這種冷靜很讓人討厭。哪怕你知道他們打不了，至少也該做做樣子，衝出去攔阻一下。難道別人就看不出來？偏你就這麼聰明？

曹洪看了曹朋一眼，突然道：「我知道，很多人都不喜歡我。可那又怎樣？主公信我就行……我能打，能領兵，又不會拉幫結派。主公說君明是天孤星，其實我才是天孤星。阿福，有的時候你身不由己，惹人嫌就惹人嫌，但一定要有本事才行。」

曹朋愕然，向曹洪看去。就見他晃晃悠悠的向樓下走去，那背影給人一種別樣的蕭瑟。

也許，就像曹洪所說的那樣：他才是真正的天孤星！而歷史中，曹洪也的確是做到了這一點。就算是曹丕想動他，也會有人站出來為他說話。曹氏宗族中，長壽而得以善終的，似乎也只有曹洪一人吧……

曹朋歎了口氣，隨著曹洪從望樓上走下來。

曹操衝到校場中央，二話不說，舉起馬鞭啪的抽在典韋身上，而後又一鞭子狠狠打在許褚身上。

「你二人還要打嗎？且先與我比試。」

典韋滾鞍落馬，撲通就跪在了曹操的馬前。

而許褚這時候也好像清醒了，翻身下馬，和典韋並肩跪下。

「許褚一時氣急，鬼迷了心竅，請主公責罰。」

「典韋不該得意忘形……其實我與仲康並無過節，只是這一口氣嚥不下而已，主公切莫氣壞了身子。」

曹操惡狠狠瞪著兩人，看看許褚，又看了看典韋。

「子和！」

「末將在……」

「把這兩個混帳東西給我關進大牢。記住，讓他們在同一個牢室裡，想打，就在裡面打個痛快。」

「主公，末將錯了！」

典韋和許褚都慌了，一旁眾將也紛紛上來求情。

可惜的是，曹操似乎下定了決心：「爾等先去牢中，想清楚錯在何處。想明白了，再來見我。」

說完，曹操氣呼呼的撥馬就走。曹純則苦笑一聲：這得罪人的事情，到頭來還是要我來做……

「君明，仲康，得罪了！」

典韋和許褚，垂頭喪氣的跟著曹純走了，而眾將則隨曹操離開了校場。典滿和許儀，你看看我，我看看你，面色尷尬，不知如何是好。

「大家別擔心，主公並無責罰兩位將軍的意思。只是……讓他們冷靜一下也好，冷靜過後，主公自會放他們回去。」

「可是……他二人不會打起來吧。」許儀不免擔心的問道。

要知道，剛才典韋和許褚那架勢，分明是不同戴天之仇。把這兩個人關在一個屋子裡，萬一哪句話說錯了，就少不得一頓惡鬥。許儀甚至擔心，這兩個人打起來，牢房有用處嗎？

「不會吧！」典滿本來還不覺得什麼，可聽許儀這麼一說，也開始擔心起來，「要不然，把他們鎖起來？鎖起來，他們不就打不成了？」

曹真被典滿氣得快要瘋了。大致上，他是可以看明白許褚的用心。許褚想找個臺階下，典韋呢，也不可能就此服軟……於是乎曹操就出現了！兩個人一人挨了一鞭子，這臺階也有了，自然不可能再打起來。

這兩個天才兒子！許儀還好點，典滿居然想出把老爹鎖起來的損招？

「不行，我還是過去看看，否則不放心。」

「我也去！」

典滿和許儀二話不說，上馬就走。

曹朋這時候走過來，看著典滿、許儀二人的背景，突然笑道：「不是冤家不聚頭！」

曹真一怔，旋即明白了曹朋的意思。

沒錯，典韋和許褚就是兩個冤家；看這架勢，以後許儀和典滿，和他們老爹的情況也差不多。

「走吧……我請你喝酒。」

曹朋搖搖頭，「算了，我還得等我爹。」

「曹大家呢？」

「剛才讓周倉告訴我，說是曹公請他過府飲宴。你也知道，我爹沒見過大場面，所以我得過去盯著。」

曹真點點頭，「既然如此，那我就先走了。」

這時候，夏侯蘭和周倉牽著馬過來。

「公子，咱們去哪兒？」

曹朋說：「虎賁府，咱們先過去等著。」

西苑校場的比武，最終以虎賁軍大獲全勝而結束。戰況出乎所有人的預料，虎賁軍幾乎是以一種橫掃的勢頭獲勝。一時間，典韋的名號也變得無比響亮。

隨著虎賁軍的揚名，曹汲一家漸漸浮出了水面。

在曹府，曹汲坦承自己並非什麼隱墨鉅子，曹操也沒有責怪他。非但沒有責怪，還狠狠的稱讚了曹汲一頓，認為曹汲胸懷坦蕩，事無不可對人言，是一個實誠君子。在得知曹汲還沒有字之後，便很愉快的賜予曹汲一個表字：雋石。

雋，有深遠之意，常比喻人的品德高尚；鐵自石中來，又應了曹汲的身分。

曹操問：「雋石如何想到，這馬中二寶？」

二寶，指的就是馬鞍和馬鐙。

曹汲猶豫了一下，輕聲回道：「回曹公，非二寶，實三寶。」

曹操一愣，不禁感到疑惑。

「請曹公牽虎賁坐騎，草民願詳解三寶。」

於是，曹操立刻命人去虎賁軍中，牽來了一匹馬。

曹汲讓人把馬蹄抬起來，露出一個圓形馬鐵，「曹公，戰馬馳騁之時，常因為道路不平，或者因受力過重，而造成馬蹄受損。一日受損，再想恢復過來，就不是一件容易的事情……」

「說實話，這馬中三寶，還是因我兒所造。他騎術不是太好，所以時常感覺不舒服，一次見棘水河面橋梁，便生出了一個念頭，告訴了草民。草民也是因為他的這個主意，才做出了高橋鞍。小兒個子小，身體弱，上馬總有些不方便。他就跟我說，如果有個什麼東西撐著，豈不是方便許多？為此還設計出了一個形狀，也就是現在曹公所見的馬鐙。至於這馬掌，也是小兒提醒草民，才有了這麼一個主意。」

曹操聞聽，越發產生了興趣：「令公子，可是曹朋？」

「正是！」

曹操笑了，「如今這許都，令公子可也算是一位名人。首創金蘭結義，書金蘭譜，小八義之名，誰人不曉？沒想到，這小娃娃居然還有此奇思妙想。」

「小兒……那都是胡鬧！」

曹操哈哈大笑，拉著曹汲的手，返回了大廳，「雋石，今天下大亂，朝綱不振。某欲興漢室，卻苦無人相助。雋石既有此技藝，可願為朝廷效力？」

曹汲連忙匍匐在地，「敢不為曹公效死命？」

曹操對曹汲的態度非常高興，連連點頭。他沉思半晌後，突然扭頭問董昭：「公仁，我記得子揚之前曾告之，諸治監目前上缺監令一人，對嗎？」

子揚，名劉曄，是漢光武帝之子阜陵王後代，也是漢室宗親。如今在司空府，忝為司空倉曹掾，雖非少府，卻行少府之事，掌管著農桑鐵鹽牧錢諸事……

董昭點頭道：「主公所言不差，子揚曾提及此事，但至今無合適人選。」

諸治監，掌金鐵兵器鑄造，有監令一人，監丞一人。治下尚有監作四人，錄事一人，府一人，史二人，典事二人，掌固四人。

聽上去，人員似乎不多。但實際上呢，除監令和監丞有品秩外，餘者皆為吏。而在諸治監治下，除了這些人之外，還有許多工官，是不在品序之內，有一定的權力，但同時還擁有自家產業。比如一些工官，可以開設自己的冶鐵作坊，一邊可以對外銷售，同時還擔負著向朝廷供應的任務。換句話說，就是類似於官商的性質。這些人沒有俸祿，也不需要履行徭役。算是朝廷指定的供應企業。

當然了，說企業……似乎有點誇大了！

監令的官職不大，品秩也不算高，不過卻擁有巨大的權力，他掌控著治下所有工官提供的物品。如果監令不通過，那麼工官就無法領到錢帛，如果工官不能按時供應貨物，就會被取消工官資格，同時還會受到罰作等懲罰。

曹操問：「雋石可願屈就？」

曹汲如今對朝廷裡的情況，也算有些瞭解。特別是當初曹朋就為他設計進入諸冶監，曹汲從鄧稷那裡，也打聽了不少關於諸冶監的事情。

聞聽曹操讓他做監令，曹汲懵了！

按著他的想法，能當上一個監作，也就是工頭，便心滿意足。

沒想到，居然……

這巨大的落差，讓曹汲一下子反應不過來，許久後他才顫抖著聲音回答：「曹汲願去。」

不願意去，那是傻子。

曹汲幾乎不清楚，自己是怎麼離開曹府的。

在曹府大門外，他有些呆滯，腦袋裡依舊是一片空白。好在曹朋等人就在虎賁府歇息，周倉和夏侯蘭也都留意著曹府裡的動靜，見曹汲一個人呆傻傻的走出曹府，周倉連忙過去，把曹汲帶回虎賁府中。

「爹，您這是怎麼了？」曹朋看到曹汲那副失魂落魄的樣子，忍不住開口詢問。

曹汲嚥了口唾沫，輕聲道：「朋兒，爹做官了！曹公說，要我出任諸冶監監令。」

「什麼？」曹朋也是大吃一驚。

諸冶監監令，職務雖不高，卻是個很重要的位子。一下子做到諸冶監的監令，曹汲又不熟悉狀況，萬一弄出了錯，豈不是樂極生悲？

「爹，曹公還說了什麼？」

「曹公說，過些天，會讓人送來諸冶監卷宗，待熟悉之後，年前去滎陽河一作坊就職。」

「河一作坊？」曹朋開始頭疼了。

河一作坊，也是諸冶監的另一個名字，位於後世古滎鎮的漢代冶鐵遺址，距離河南省省會鄭州市大約有二十多公里，屬惠濟區。

據說，這河一作坊始建於東漢初年。整個作坊南北長四百多米，東西寬三百多米，總面積超過十二萬平方米。有大型煉鐵爐兩座，水井十二眼，淬火池三十餘座，烘範爐十三座……是東漢時期最大的一座冶鐵作坊。

由於東漢定都於洛陽，所以將諸冶監設在了滎陽。

黃巾起義之後，這座幾乎是供應大漢四成兵器的作坊便被廢棄。直到曹操遷都許縣之後，才重又開設。從許縣到滎陽，不過百里路程。騎快馬，一天內便可以往返，距離並不算遠。

「朋兒，爹做官了！」曹汲突然間瘋了一樣，仰天大笑。

曹朋連忙上前，一把將曹汲抱住，大吼一聲，「爹爹，醒來！」

有時候，意外的驚喜會讓人迷了心竅。最明顯的一個例子，莫過於後世那本《儒林外史》裡的范進中舉。此時，曹汲的狀況和中舉的范進頗有些相似。曹朋連忙上前，把曹汲喚醒……

「爹爹，你現在出任那諸冶監的監令，其實未必是一件好事。」

曹汲清醒了許多，詫異的看著曹朋道：「朋兒，你這話是什麼意思？」

「你知道諸冶監的情況嗎？」

「叔孫之前曾對我談過一些，也算是知道。」

「知道？」曹朋冷笑一聲，「爹，你知道諸冶監是做什麼的，可你瞭解諸冶監的流程嗎？諸治監掌曹公三州十數萬兵馬兵器，什麼樣的兵器算是合格，什麼樣的兵器不算合格，你知道這個標準嗎？還有，三州數百家工官，哪些工官有背景，哪些工官沒有背景，你可清楚？」

「河一作坊，本身還擔負著供應兵器的職責。每年造多少刀？造多少矛？造多少弓矢？造幾多甲冑？你有沒有瞭解過？那諸治監之下，尚有監作、錄事……這些人你如何使用？每年怎樣造計畫，先造什麼，後造什麼，你能妥善安排嗎？」

「這個……」曹汲聞聽，頓時慌了。

「爹，我原本是想讓你從監作做起，熟悉裡面的情況，而後再圖謀未來。可現在看來……爹，咱們立刻回去，找姐夫商議此事。其實，論技藝咱不怕什麼。可當官，可不是技藝好就可以，你得要有手段，還要有心計才行……不行，當務之急，先要給你找個幫手。」

說著說著，曹朋越發覺得嚴重，也有些亂了方寸，他起身道：「夏侯、周倉，趕快備馬，咱們立刻趕回塢堡。」

章二 河一工坊

許都，大牢。

還是那一間囚室，月前曹真等人被關押之處，如今又來了新人。

過廊裡，燈光昏暗。陳造呆呆的看著囚室中的兩個人，突然生出一種想要抱頭痛哭的衝動。

今年這是怎麼了？才走了一幫子小霸王，而今又送來了兩個大老爺！

小霸王們雖然霸道，可畢竟是一幫孩子，折騰不起什麼風浪；但這兩位大老爺……人少了，可危險係數卻增加了。只看那燭光裡，兩個魁梧如雄獅般的漢子，面對面跪坐蒲席上，雖然一句話都沒有說，可這牢室中卻瀰漫著濃濃的火藥味，即便距離尚遠，猶令人心驚肉跳。

典韋和許褚沉著臉，面對面坐著。

兩人之間相距大約有五、六步，兩雙眸子，四隻眼睛瞪得溜圓，誰也不肯眨一下，活脫脫兩隻鬥雞，劍拔弩張。

「若非有人幫你，你那虎賁算個甚。」許褚咬牙切齒，瞪著典韋說道。

典韋立刻還以一對環眼，「仲康，願賭服輸！如果輸不起，就別逞能……沒錯，是有人幫我，又怎樣？老子人緣好，運氣好！你也可以找人幫嘛。你許家的人還少嗎？為什麼不找？」

「你……」許褚氣得額頭青筋畢露，太陽穴突突直跳。

典韋哼了一聲，眼睛一閉，不再理睬許褚。

「你……算不得真本事。」許褚壓低聲音道。

典韋嘴巴一撇，摸著頷下鋼針似的鬍鬚，笑呵呵道：「是不是真本事，反正是我贏了你。」

「贏了我又能如何？」許褚冷笑，「難不成你一輩子有人幫忙嗎？」

「我運氣好。」典韋咧開嘴，哈哈大笑，「我兒子和人家是結義兄弟，我請他幫忙，又有甚難？」

許褚緊握的拳頭，突然間鬆開了。他也笑了，「你兒子和人結拜，我兒子難道就沒有結拜嗎？典韋，你別得意，小八義裡，我兒子行二，你兒子行三，按照這個說法，你兒子還得叫我兒子兄長。二哥求人辦事，總比三哥來得爽快吧。典君明，下次咱們再比試一次，看誰能贏。」

典韋臉上的笑容頓時凝結。他睜開眼，怒視許褚道：「許仲康，你好無恥！」

「哼，這算不得無恥，最多只是運氣好。某人千里請來高人，結果卻平白便宜我那孩兒。」

「你你你……我回去讓阿滿和阿福退出小八義。」

「好啊，你回去試試看，看他們能不能答應？他們可是在孔聖人跟前盟誓，你問問他們聽不聽你的話。」許褚的心情頓時爽快許多，之前被典韋壓一頭的抑鬱，好像一下子消解不少。

典韋怒道：「許仲康，你這混帳傢伙，老子今天非教訓你不可。」

「來啊，我早想揍你了！」許褚毫不示弱，呼的直起腰身，環眼圓睜，「要不是你跟隨主公早一些，如今虎賁中郎將哪輪到你的頭上？靠兒子得了便宜算甚本事？論拳腳，老子不輸你。」

兩個彪形大漢，長身而起。

牢室外，陳造等人心裡一抖。打起來了，終於要打起來了……

「咱們要不要過去阻攔？」

「阻攔個甚？咱們過去，就是送死。這兩位真要是打起來，除了曹司空，誰人能夠阻攔？」

陳造的心，一下子提到了嗓子眼裡。

就在這時候，從大牢門外走進來兩個少年。

「你們在這裡做甚？」

陳造回頭一看來人，頓時樂了：「兩位公子來得正好，快過去吧，兩位將軍要打起來了。」

「啊？」

這兩個少年，正是典滿和許儀。二人在外面買了酒肉飯食，想要來勸解一下兩個大人。沒想到這一耽擱，典韋和許褚就劍拔弩張，準備動手了……

典滿和許儀各自拎著一個食盒，快步走上前。

「你們為何不去阻攔？」

陳造頓時哭了，「公子，非是小人不想去阻攔，實在是……兩位將軍，誰能攔得住啊！」

典滿和許儀顧不上理睬陳造，快步來到牢室外。

「爹，住手！」、「父親，別打了，別打了……」

少年們的呼喚聲，讓典韋和許褚都停下腳步。

「阿滿，你休得攔我，我今天非要好生教訓一下這頭蠢老虎。」

許褚怒道：「誰教訓誰未可知！大頭，你也看到了，不是我想動手，實這傢伙欺人太甚。」

典滿怒道：「快點過來開門。」

許儀則苦苦勸解，「父親，你與叔父同在主公帳下效力，同為宿衛親隨，可別傷了和氣，否則主公必然會責罰。」

「是啊，爹……你要是傷了許叔父，主公一定不會高興。」

許褚一聽不高興了，「阿滿，你這話從何說起？憑這傢伙能傷得我？別看他比我高，老子一隻手就能幹掉他。」

典韋怒了，「就憑你？老子閉著眼睛都能打得你屁滾尿流。」

「你這是找死。」

「誰找死，不一定。」

「今天我非教訓你不可。」

「來啊，哪個敢退，就是孫子。」

「來來來，我與你大戰三百合。」

「呸，老子三十合就能取爾狗命……」

典滿那一句話，頓時讓剛剛緩和下來的氣氛，又變得緊張起來。

「都給我住手，主公來了！」

牢獄中，突然間響起一聲怒吼，典韋和許褚立刻閉口，各自回去重又坐下，抬頭看，就見陳造正往回縮。很顯然，那一聲怒吼，出自他之口。而大牢外，卻是靜悄悄，不見曹操蹤跡。

「混帳東西，膽敢欺我？」典韋勃然大怒。

許褚也是鬚髮賁張，「小小獄吏，竟敢冒主公之名？你叫什麼名字！待俺回稟主公，取爾狗命。」

陳造連個屁都不敢放，直接縮回陰影裡。一干獄吏用崇拜的目光看著陳造：大哥果然厲害，連這兩位都敢騙，就不怕這兩位出來收拾他嗎？

娘的，老子明天就辭官不做。當這麼個小獄吏，還不夠擔驚受怕。俸祿沒多少，還有性命之憂……老子明天，投軍去！陳造暗中拿定了主意。

不過他那麼一聲吼叫，的確是緩解了牢獄裡的氣氛。

典韋和許褚也不再相互爭吵，各自回到蒲席上，跪坐下來。

許儀示意獄吏過來打開牢門，和典滿拎著食盒走進牢室中。他二人把食盒打開，取出酒肉。

「爹，先用飯吧。」

典韋點點頭，低頭一看，卻眉頭緊蹙：「為何無酒？」

典滿一怔，扭頭向許儀看過去，卻見許儀打開食盒，那酒水全都在裡面。

「大頭，把酒給我拿過來。」

許褚怒道：「憑甚？這是我兒子給我帶來的……大頭，為何連個下酒菜都沒有，盡是飯食。」

說著話，他抬起頭，就看見典韋面前的食盒中，擺著一盤盤的肉食。

「阿滿，把菜給我拿來。」

典韋道：「這是我兒子給我帶的！」

說罷，他突然笑了。典韋這一笑，也讓許褚愣了一下，旋即啞然失笑。

兩人相視一眼，同時大笑起來……

曹汲、曹朋父子一行趕回塢堡，天已將黑。鄧稷也是剛回來，正陪著曹楠說話。

曹楠的肚子，是一天大似一天。算算日子，也快分娩了！

從曹楠懷孕開始，他一家就一直沒安穩過。前任上官調走，新任縣令抵達，使得鄧稷當時地位頗為尷尬，受到鄧才的欺辱。後來曹朋一家人過來了，情況有些好轉。但沒過多久，鄧稷就被徵召入伍，雖保全了性命，卻丟失一臂。而且，曹楠隨父母，還被官府羈押捉拿。

救出曹楠之後，千里顛簸流離，從南陽郡來到許都，不久便逢典韋組建虎賁軍，鄧稷又過去幫忙。這一幫，就是幾個月，連陪伴妻子的時間都沒有。每每念及此，鄧稷就覺得非常慚愧。

如今好不容易清閒下來，他自然要好好陪伴妻子，補償以往的疏忽。

「爹，回來了！」

鄧稷攙扶著曹楠，正在庭院裡走動。

他倒是不必擔心曹楠的身體狀況，因為家裡有個大夫在。張仲景的弟子董曉，如今就在塢堡中居住。平時也沒什麼事情，或是看看書，或是到回春堂，幫著非著名婦科聖手蕭坤給人診斷。

董曉現在的情況是，理論上很出色，但實踐經驗太少。中醫這行當，經驗很重要。老中醫，老中醫……這個『老』，不一定是說年齡，更多的則是指經驗，經驗的老道。

回春堂，正好是董曉實踐積累的地方。

張仲景讓董曉來許都其實就是希望他能夠在許都立足，站穩腳跟，為涅陽張氏謀一條出路。

而這種事，也急不得。

董曉住在典家，本身就是一種處世的方法。隨著曹、典兩家關係越發密切，而曹朋等人的小八義出現，曹氏遲早會在許都占一席之地。這一點，從今日演武，曹汲受邀，就可看出端倪。

所以，董曉顯得很沉靜……

曹汲點點頭，沒有出聲。

那嚴肅的表情，讓鄧稷立刻預感到有事情發生。招手示意一個女婢過來，攙扶著曹楠離去，鄧稷隨著曹汲等人來到大廳裡，坐下後才問道：「爹，是不是出事了？」

曹朋道：「曹公欲請爹出任河一監令。」

「河一監令？」鄧稷愣了一下，旋即反應過來，驚喜道：「可是諸冶監監令？這是好事啊！」

「好什麼好！」曹朋道：「技藝方面，爹問題不大。要以技藝來說，震懾那些工官胥吏也不是太難，好歹爹現在創下了偌大名聲，這一點我不擔心。問題是，爹從沒當過官，對諸冶監的情況根本不瞭解。我原想著爹先做個監作，熟悉諸冶監的事務後再升遷上去，也不是一樁難事……可現在，爹一下子就成了監令，雖說有六百石俸祿，但萬一出了差池，不免會得不償失。」

鄧稷立刻明白了曹朋的憂慮，「阿福，我倒是覺得，你多慮了。」

「哦？」曹朋疑惑的向鄧稷看去。

鄧稷走到曹汲身邊坐下，「爹，你別擔心。曹公之所以拜你為監令，更多的還是看重你的技藝。只要爹你有真本事，又有何所懼？阿福說的雖有道理，可誰生下來就懂得那些東西？朝堂上的事情，我不是很清楚，但若說諸冶監這類的官署……呵呵，我倒是有些認識。」

「阿福說的什麼流程啊、標準……都是訂好的規矩，照著做就是，也不是什麼麻煩的事情。到時候你只需要把事情安排下去，自然會有人盯著。至於那些工官……我覺得阿福考慮的太多了。河一工坊自中平元年停工，至今已有十餘年。可以說，在這十餘年裡，河一工坊基本上是處於廢棄的狀況。而各地的工官，也被當地豪強籠絡，一時間很難清查個清楚。」

「所以，爹現在所需要做的，就是盡快使河一工坊復工，令諸冶監重啟。曹公之所以請爹做這諸冶監的監令，就是想倚重爹的技藝和名聲……畢竟，爹如今名聲在外，三個月造三十六支天罡刀，誰人不知？有這個名聲在，諸冶監的問題也就不再困難。待河一工坊復工之後，曹公軍械得以供應，各地工官自當返回，到時候還不是爹說什麼，就是什麼？」

曹朋聞聽一怔，有一種撥雲見日的感覺：「姐夫，你說得不錯。」

曹汲這會兒也恢復了不少信心。如同鄧稷所說的那樣，單以技藝論，曹汲如今還真是誰都不懼，憑著雙液淬火法，憑著那功率巨大的風箱……曹汲相信，自己一定可以將諸冶監撐起來！

鄧稷搔了搔頭，「不過呢，阿福說的，也有道理。」

曹朋連忙問：「願聞其詳。」

「爹的優勢和劣勢同樣明顯……爹沒有功名在身，而且還不識字。爹的技藝自然無須費心，可對這朝堂上的事情，卻是一無所知，如果不能找個妥貼的幫手，恐怕這監令，也做不長久。」

曹汲道：「那怎麼辦？」

「這個……確須費些心思。諸冶監官職不顯，過去做事，等同於為吏。一般有才學、有名聲的人，是不屑於為這等事情。所以爹要找幫手，就必須找那些沒名氣、沒家世，但又必須有才華的人……這個比較麻煩。」

曹朋不由得蹙起眉頭，陷入了沉思。

鄧稷想了想，「穎川名士眾多，有才學的人不計其數，但如果想要找合適的幫手，恐怕很難。這樣吧，我明天去找奉孝。好歹我和他也算是同門，想來他必不會拒絕。他就是穎川人，而且與寒士結交甚廣，說不定能找到合適的人選。再不濟的話，我和他一起去拜會侍中大人……他人面廣，想必能幫上忙。反正爹要找的幫手，也不需要本事太大。識字，識得朝堂之事，且德行時候，的確是能為他分憂解難。若非一家人，焉能如此盡心盡力？

而曹汲這時候，也算是放下了一點心事，顯得輕鬆許多。這一個兒子，一個女婿……關鍵的

鄧稷連連點頭，表示贊同。

「最重要的，是德行！」曹朋忍不住插嘴。

良好即可……」

第二天一早，鄧稷和曹朋便出門了。

鄧稷是要去拜會郭嘉，而曹朋呢，則是和曹真約好，準備叫上典滿和許儀去探望典韋、許褚。同時，曹朋也想找曹真打聽一下，看看他有沒有合適的人選。

畢竟曹真是曹操的族子，在許都的人面也廣。為曹汲找幫手的事情已是刻不容緩。一旦曹操的任命正式下來，那曹汲就得即刻前往滎陽赴任。時間不等人，早一點把這件事確定下來，也早一點了卻一樁心事。

曹操征伐袁術的日子，日益臨近。據說，曹操已派人前往江東，聯絡孫策……一俟這些人聯絡妥當，曹操就會出兵壽春。曹朋有一種感覺，他在許都的日子，不會太長了！

章四 虎豹騎

初秋時節，天高氣爽。

歷經過西苑演武之後的許都，又恢復到往日的寧靜。對於那些市井中的平民百姓來說，西苑演武誰勝誰負，與他們並無關係。只不過是茶餘飯後的消遣話題，當不得柴米油鹽來用。

再者說了，能進入西苑校場的人，又有幾個呢？

只知道是虎賁軍贏了，虎衛軍輸了……不過虎賁軍和虎衛軍的兩位主將，也被關進了大牢。

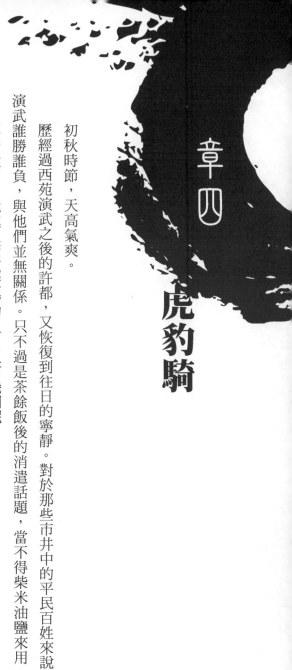

曹朋來到虎賁府的時候，剛過辰時。

府門緊閉，看上去冷冷清清。不過，曹府門前卻很熱鬧。十幾輛車仗停靠在高臺下，每輛車都有三匹駑馬牽引，顯示出這車隊的來頭非同小可。除了這些車仗之外，還有僕人婢女們進進出出，似乎非常忙碌。大門口，有一隊武卒，盔甲整齊，手持明晃晃的兵器。

曹朋在街拐角就下了馬，牽著馬往虎賁府行去，才一靠近，十幾雙眼睛就朝這邊看過來。那目光中帶著警覺，讓曹朋感覺非常的不舒服。

把韁繩拴在栓馬樁上，曹朋邁步走上虎賁府的臺階。

就在他伸手想要敲門的時候，就見從曹府中走出一群婦人。

「夫人，小心些！」

為首是一個長相很甜美，眼眉總是帶著一絲笑意的女子。看年紀，大約也就是二十多歲，體態婀娜，舉止也顯得格外優雅。她懷中抱著一個孩子，在兩個老婦的攙扶下，邁步走出曹府。

根據史書的記載，曹操妻妾甚多，留下名號的就有八個，其中包括有丁夫人，卞夫人，環夫人等等。這裡面，丁夫人是大婦，也是最早嫁給曹操的女人。她雖然沒有生育，卻是曹操長子曹昂的養母。宛之戰以後，曹昂戰死，丁夫人悲慟欲絕，數次和曹操發生口角。

曹操剛折損了一陣，悉心培養的繼承人沒了，侄子沒了，愛將典韋下落不明，正處於煩悶之中。丁夫人和他一吵，曹操就怒了，口上可能嚴厲了些，弄得丁夫人回了娘家，至今仍未返回。

而其他七個女人，也是因為有了曹操的孩子而名留史冊。至於那些沒有生育孩子的女人，究竟有多少？恐怕只有曹操自己心裡清楚。大丈夫好色，在這個時代是天經地義。而且曹操對人妻熟婦非常有愛，宛之戰失利，不正是因為張繡的嬸子——鄒夫人所引發出來！

曹朋對曹操有多少妻室，並不感興趣。他抓起虎頭門環，邦邦邦連敲了三下……

不過，虎賁府裡沒有動靜，曹府中卻傳來了一陣騷亂。

「小白白，小白白……你別跑啊！」

一隻很眼熟的兔子，從曹府大門內跑出來，在人群中東一竄，西一閃，惹得所有人都慌亂起來。緊跟著，就見一個小女孩兒從曹府中跑出來，一臉焦慮的叫喊著。

「你們小心點，別傷了小白。」

那隻小白兔好死不死的又跑到了曹朋的腳邊。曹朋一怔，蹲下身子把小白兔抱起來。

「兔子哥哥，把小白還我。」小女孩兒跑到虎賁府的臺階下，一眼認出了曹朋。

只是她那稱呼，讓曹朋生生憋了一口血，差點噴出來。

「文明，別亂跑。」正準備上車的婦人，在車仗旁邊叫喊。

曹朋愣了一下，可是他真沒聽說過，曹操有這麼大一個女兒。

那天在典韋後宅花園中見到這女孩子後，曹朋還抽空詢問了下曹真。曹操只有一個女兒，名節，也就是後來的漢獻穆皇后。不過此時的曹節才剛出生，還不滿周歲呢……這女孩兒又是誰？

「兔子哥哥，把小白還給我吧。」

在一雙雙虎目的凝視之下，曹朋苦笑著，走下臺階，把小白兔還給了那小女孩兒。

「既然喜歡牠，就好好照顧牠，別讓牠到處亂跑。」他蹲下身子，輕聲對小女孩兒道：「還有，我不叫兔子哥哥……抱好了，可別再讓牠逃走，若是被壞人抓到，妳就見不到牠了。」

小女孩兒一雙明眸，天真的眨啊眨的：「謝謝！」

她小臉一紅，抱著小白兔扭頭就跑。跑到車仗旁邊，和那美婦人輕聲交談了兩句，就見那美婦朝曹朋看過來，甜美的臉上，露出了笑容。

美婦招手，就見臺階旁一個青年上前。她對青年說了兩句話，便抱著孩子，登上了馬車。

小女孩兒也緊跟著上去，臨了還看了曹朋一眼。

那青年呢，則快步走到了虎賁府門口，向曹朋一拱手：「在下曹暘，敢問公子大名？」

「呃……」曹朋一愣，連忙拱手還禮，「在下曹朋。」

「曹公子和虎賁府相熟嗎？」

「呃，應該算是很熟吧。」

青年微微一笑，「既然如此，叨擾了！」

說完，他轉身就走了，只留下曹朋一頭霧水，不知所以然。那美婦人是誰？那小女孩兒又是誰？曹朋有心詢問，可也知道，他連靠過去的資格都沒有。

搔搔頭，曹朋轉身復又走上臺階。而這時候，隨著一連串的呼喝聲響起，車隊緩緩駛動。當車隊從虎賁府門前駛過的時候，那小女孩兒還探頭出來，揮著小手，朝曹朋擺了擺。

曹朋呢？下意識抬起手，與那女孩兒揮手告別。

真是一筆糊塗帳啊！

曹朋看著車隊漸漸離去，轉身準備再去敲門。一轉身卻見典滿站在他的身後，嚇了一大跳。

「幹，你走路沒聲啊。」

典滿一臉委屈，「我在這裡站了半晌，你也沒理我……對了，你在看什麼？」

「剛才司空府走了一隊車仗，不曉得是什麼來頭。」

典滿愣了一下，旋即露出一副恍然之色，「車仗啊，那可能是環夫人吧。前幾天聽父親說，環夫人這幾日要返回譙縣老家一趟。算算日子，也就是這兩天，應該就是夫人啟程上路。」

「環夫人？」曹朋對曹操的這位夫人，似乎有點印象。

「對了，你來找我嗎？」

「廢話！」典滿一打岔，曹朋也就忘記了剛才的那一幕，對典滿說：「昨日大哥跟我說，要去探望叔父……對了，你昨天去探望過了，兩位叔父沒什麼事情吧！大哥可是有點擔心。」

典滿哈哈一笑，「事情倒是沒什麼，不過他們現在怕是還宿醉未醒呢。」

「喝多了？」

「是啊，兩個人，喝了差不多十甀。」

甀，是一種盛酒的器皿，流行於商周戰國時期。形狀𡉏，有點類似於樽，但比樽又要矮小。圓體，斂口，廣肩，大腹，圈足，帶蓋。器身之上，常裝飾有饕餮、乳釘、雲雷等紋飾，兩耳多以獸頭形狀為主。東漢末年的甀，大致分為兩種：五斤甀和兩斤甀。可就算是兩斤甀，十甀下來也有二十斤。一個人十斤……曹朋想想就覺得頭疼。而且，據曹朋所知，市面的酒甀大都是五斤裝，這兩人還真能喝。

「那你洗漱一下，咱們先去找大哥吧。」

典滿答應了一聲，拉著曹朋就進了虎賁府。

他換了衣服，便和曹朋騎馬離開，直奔曹真的住所。

曹真住在司空府後的一條小街上，環境很優雅。是座三進庭院，加起來一共二十多間房屋。
曹朋和典滿到的時候，曹真剛練完武，和曹遵一起吃飯。
朱贊已經去洛陽赴任了，但曹遵還沒有啟程。鍾繇那邊傳來消息，會在八月初動身去長安。曹遵是個孤兒，所以一直和曹真住在一起。
「大哥，求你個事吧。」曹朋坐下來，一邊等著曹真吃早飯，一邊說著話。
曹真問道：「什麼事？」
「我這邊想請個人。」
曹朋就把所要請的人，條件講述了一遍。
「你也知道，我爹是個老實人，也不懂得什麼朝堂上的東西。若沒個明白人幫襯，很容易出事。可是呢，這人要明白，品行也要出眾。萬一被人收買了，或者故意使壞，我爹就得倒楣。」
曹真也聽說過曹汲要出任諸冶監監令的事情。說實話，一個小小的諸冶監監令，曹真並不看在眼裡。如果不是曹朋找他幫忙，估計他連聽都不願意聽。
「要說這閒賦在家的人，我倒是知道一些。可問題是，他們未必肯同意……你也知道，那些人一個個性子高傲得很，連曹公征辟他們都能拒絕，更何況一個小小的諸冶監監令？你說得沒錯，得清楚朝堂的規矩，還要品性純良……沒家世，沒名氣，又要有才幹。阿福啊，你這要求實在是太高，我一時也想不出啊。」

曹朋蹙眉道：「我也只是問一問而已。」

曹遵一直沒說話，吃完，放下碗筷，輕輕咳嗽了一聲，「子丹，如果按照阿福這等要求，我估計翻遍了許都，也難找出幾個來。不過呢，我倒是想起了一個人。侯聲，還記得嗎？」

曹真用手指著曹遵，一副恍然之色。

「慢著慢著，侯聲是誰？」

曹朋還真沒聽說過這麼一個名字，《三國演義》裡似乎也沒提及過此人。

不過，曹真並沒有回答，而是沉吟片刻，搖了搖頭，「侯聲不合適，那個人……才行是有，可家世卻不符合。銅鞮侯氏，好歹也算是上黨望族。莫說是幫曹叔父，就算是讓他當諸冶監監令，也未必肯同意。」

「侯聲到底是誰啊？」

一旁典滿解釋道：「侯聲是上黨郡侯家的人，此前曾為主公帳下軍祭酒。遷許縣後，東阿令棗祇上疏主公屯田，侯聲堅決反對，更數次在朝會與主公爭執。年初時，被罷祭酒之職。」

還是個大人物！曹朋知道，這種人就算再有才幹，品行再好，也不可能過來給曹汲幫忙。

「六哥，你莫非別有所指嗎？」

曹遵難得的大笑，手指曹真道：「子丹，阿福比你聰明。曹叔父的確是用不得侯聲，但可以找侯聲要人嘛。你還記不記得，侯聲家裡有一個長吏，名叫郭永？」

曹真蹙眉沉思半晌，搖搖頭苦笑道：「這個……我還真是不記得了。這郭永，有什麼來頭？」

「那郭永，是廣宗人，世代為銅鞮侯家長吏。這個人我曾見過，所以有些印象，他原本為侯家採買，後隨侯聲投奔主公，在軍中擔當小吏，是倉曹書記，負責管理武庫。呂布攻打濮陽時，各部武庫混亂，唯有這郭永所轄清清楚楚，是個肯做實事的人。這個人沒甚出身，也沒什麼名氣，而且有才華，更重要的是，很忠心，品行不差。這幾樣，正好都符合阿福的要求，豈不是一個最為合適的人選嗎？」

曹真聞聽，輕輕點頭，「可是，郭永既為侯聲家臣，侯聲會放他出來？」

曹遵笑了，「放不放出來，由不得他侯聲作主……銅鞮侯氏，已非當年的侯家。上黨郡歷經戰亂，被清洗一空，侯家現在早就呈沒落之勢，侯聲投奔主公，所求的就是為重振門楣。他現在正失意，聽說整日以酒澆愁，子丹，這件事情還是讓子廉叔父出面為好。保管讓那侯聲，老老實實的把人給咱們交出來。」

曹真笑了，「阿福，你以為如何？」

曹朋搔搔頭，「既然是六哥所薦，那應該不差吧。」

「你要是同意的話，那我這就去找叔父說項。」

「也不用這麼急吧……不是說，一會兒還要去探望典叔父和許叔父嗎？」

「怎麼不急？」曹真說：「叔父明天一早就要離開許都，返回葉縣。現在不去可就來不及了。」

典滿道：「我爹和許叔父估計還沒睡醒，現在過去也沒什麼用處。不如這樣，咱們先去叫上大頭，然後一起去拜會曹叔父……我估計，曹叔父是不可能留咱們在他府上吃飯的……正好買了飯食，再去探望我爹和許叔父。那時候他們也該醒了，估計正好能趕上午飯。」

「嗯，就這麼說。」

見曹真拿定主意，曹朋也沒有再說什麼。

就這樣，曹真、曹遵吃罷早飯，換好了衣服，和曹朋、典滿趕往許儀家中。

曹真和曹朋在前面，一邊走，一邊說著話。

「阿福，昨夜主公在府中召集眾將，商議組建精兵。」

「哦？」曹朋疑惑問道：「組建什麼精兵呢？」

「父親心裡，一直想要建起一支強悍騎軍。他早年有一個夢想，就是效仿霍驃騎，掃蕩漠北，揚大漢之威。可惜，這想法一直沒能夠實現。昨日你父親獻馬中三寶，父親十分開懷。他已決意，待征討袁術之後，便效仿當年公孫瓚的白馬義從，組建虎豹騎……我想求你件事，能否通過典叔父那邊，把我也算進去呢？我估計，虎豹騎的主將，很有可能是典中郎。」

虎豹騎！

曹朋聞聽，不由得心裡面一震。

三國是一個鐵馬金戈的時代，更有無數支精銳部隊名揚後世。而曹魏軍中，最具名氣的一支人馬，就是虎豹騎。前世，曹朋曾玩過一個遊戲，叫做《趙雲傳》，裡面當虎豹騎出場的時候，明顯比普通士兵強悍。一個虎豹騎普通的士兵，就等於一個普通的曹將。也許這其中有誇大，但虎豹騎給曹朋的感覺，就是一個普通的士兵，拉出去就是基層的軍官。原以為，虎豹騎只是虛構，未曾想竟真的存在。

「你怎麼會認為，典叔父會成為虎豹騎主將？」

曹真說：「典中郎勇武絕倫，單以武功，在主公帳下絕對是翹楚。我聽說，主公已決意讓夏侯衡和曹休進入虎豹騎，而典中郎如今是他二人的主將，豈不是說，他會成為虎豹騎主將？」

曹朋聞聽，搖了搖頭：「大哥，我以為典叔父不會接掌虎豹騎。」

「為什麼？」

「典叔父非大將之才，宿衛中軍尚可，但說獨領一軍……曹公絕不可能將這樣一支精銳，交到他手裡。」曹朋沉思片刻，接著道：「如果說把夏侯伯權和曹文烈調入虎豹騎的話，那我覺得，主公很有可能會讓宗族將領來接掌。一來，虎豹騎既然被曹公看重，定然會予以關注。這樣一支人馬，交給其他人，曹公未必能放心；其二，夏侯伯權和文烈皆曹公之親。」

「大哥，你若是想進虎豹騎，應該不會太難。只需留意這段時間，曹公召見哪一位曹姓將領較多即可……至於典叔父，我覺得你太在意。十有八九，他還是會留在虎賁軍，宿衛曹公。」

曹真聞聽，不由得深以為然，「阿福所言極是，那我以後就多多留意這件事情。」

兩人說著話，不知不覺間，便來到了許褚的府門外。只見許府府門大開，許儀正在門口，準備出門……

章五

選縣令

建安二年，從正月到七月，發生了很多事情。

五月時，袁術派遣使者到下邳，告之稱帝事宜，並要求呂布履約，將女兒送至壽春。然則沛國相陳登出面阻攔，告訴呂布：曹操迎奉天子，輔佐朝政，是眾望所歸；如果和袁術結親，一定會落下不義之名。到時候呂布占居徐州，就變得更加名不正，言不順，為天下人所指。

呂布深以為然，便追回了女兒呂元，並將袁術的使者斬首送往許都。

而後，曹操詔呂布為左將軍，加以撫慰。袁術得知後，派大將張勳等人率步騎數萬，直逼下邳。而此時的呂布，手中只有精兵三千，馬匹四百，眾寡懸殊。當然了，這三千精兵，多是呂布的親隨，其中包括了飛熊軍和陷陣營兩部人馬，都是身經百戰，驍勇無敵的銳士。

可不管怎麼說，三千對數萬，終究太過危險。

於是呂布採納陳珪之計，離間楊奉等人，聯手夾擊張勳。張勳數萬步騎，損失殆盡。呂布又和楊奉聯手，水陸並下，直逼鍾離，距離壽春僅二百里……

袁術屯兵五千，於淮南觀望。呂布這才停止追擊，返回下邳。隨後，他派遣陳珪的兒子陳登，與親信魏續赴許都求取徐州牧。

袁術經此一戰，氣焰銳減！

六月中，曹操派遣議郎王甫，攜詔書拜孫策為騎都尉，襲父爵烏程侯，領會稽太守之職。並要求孫策與呂布、吳郡太守陳瑀，聯手夾擊袁術。

孫策並未立即答應，而是向王甫討要將軍號。王甫承制拜孫策為明漢將軍，孫策這才出兵。

然後，就在孫策出兵至錢塘的時候，吳郡太守陳瑀，卻命都尉萬演持印綬三十餘顆，授予丹陽、宣城等諸縣賊帥祖郎、焦已和嚴白虎等人，著其為內應，伺機襲取孫策所占領諸地。

孫策發覺後，立刻命部將呂範等人攻打陳瑀，使陳瑀大敗，單騎亡命冀州。而孫策趁機吞併吳郡，得兵馬四千餘眾，勢力暴漲。一時間，江東之地，小霸王風頭無二。

七月中，曹操在許都接見了陳登。

他並沒有答應呂布求取徐州牧的要求，反而拜陳登為廣陵太守。

送走陳登後曹操便立刻召集群臣，商議討伐袁術的事情。經過一年的屯田，許都獲得大豐收，曹操無須再為糧草擔憂，加之兵馬已準備妥當，劉表張繡也非常老實，是時候出征討逆了！

不過，在討逆之前，曹操還是要仔細籌謀一番……

典韋和許褚，一左一右，好似兩尊門神，立於堂下。

一個懷抱大斧，一個手捧長刀。眼觀鼻，鼻觀口，口觀心，沉靜的如同兩尊石像。乍一看，他們穿著打扮似乎相同，白衣黑履，腰繫大帶，頭戴綸巾，腆胸疊肚，透著一股殺氣。

唯一不同的，恐怕就是典韋腰間掛著的一柄短刀。那刀柄處鑲嵌一枚血紅色的寶石，令短刀更透出了一股血氣。許褚目不斜視，但眼角的餘光，總是不自覺的往典韋腰間的短刀上瞄。

典韋也覺察到了，便將短刀往邊上挪了一下，以便許褚能夠更加輕鬆的看到。同時，頭抬得更高，腰板挺得更直，氣得許褚暗地裡，咬碎鋼牙。

堂外，衣甲鮮明的武士，正在巡邏。

內有虎賁，外有虎衛，兩支人馬看上去，相處的非常和諧。

在大牢裡待了三天，曹操便把許褚和典韋放了出來。

因為，這兩人在牢獄中表現得很不錯，每天喝酒聊天，似乎又恢復到了往日的親密關係。

曹操把他們關進大牢，其實就是希望他二人在相互競爭中，保持著親密合作的關係。

這考驗上位者的手段，不過對曹操來說，似乎並不是太困難。典韋和許褚出來後，依舊擔任原職。典韋還是虎賁中郎將，授天孤刀，可帶刀登堂；許褚還是校尉，統領虎衛軍。

只不過，兩支人馬在兩人入獄的時候，都發生了一些變化。

首先，虎賁軍的夏侯衡、曹休被調至新建之虎豹騎。同時又將虎衛軍節從虎賁許定，調至虎賁軍，出任陛長一職。而原虎衛軍節從，則由曹興取代。這曹興，是曹操的族侄，素與典韋交好。此前，曹興一直是在曹仁帳下效力，這次把曹興調來，據說還是由曹仁舉薦……

如此一來，虎賁軍和虎衛軍，都無法形成早先的一言堂。

典韋下面有許定節制，而許褚軍中，也被曹操鍘下一顆釘子。從原來許氏宗族子弟占居主體的狀況，變成了虎賁與許氏宗族子弟相持的情形。

兩個五大三粗的傢伙，明爭暗鬥。

大堂上，曹操的謀臣們也都看得真真切切，心裡面不禁覺得好笑，同時也有些期盼。

因為曹操說了，這天罡三十六星，並非以純粹的武力論賞，謀者亦可授予。不僅如此，曹操還說，待曹汲出掌諸冶監後，會著手打造第二批刀。不過，不是天罡刀，而是地煞刀……共七十二支，與天罡相合，湊足天罡地煞之數。

當然了，地煞刀的地位，似乎在天罡刀之下。於是這一流謀者圖天罡，二流謀者思地煞。可以說，如今曹操麾下的所有人，都盯著這一百零八個……不，是一百零七個名額。

「主公，陳登為廣陵太守，雖能牽制虓虎，然畢竟是徐州望族，未必肯真心效力。」

朝會商議完畢之後，便有人站出來說話。

虓虎，就是呂布。

聽聞之後，曹操也深以為然。他是官宦子弟，自然清楚這些門閥世族的想法。世族子弟，以家族為先，又有幾人會一心為國？當然，也不能說完全沒有。至少這大堂上，就有一心中無私、忠於漢室的世家子弟。

曹操偷偷的掃了荀彧一眼：「文若，你以為如何？」

荀彧睜開眼，不急不緩道：「主公啟用陳元龍，信他又有何妨？陳元龍是聰明人，當知那虓虎並非明主，否則他父子大可不必阻攔呂布與袁術結親……不過主公若想謀劃徐州，如今倒也合適。」

曹操微微一笑，「當如何謀之？」

「可命一人前往廣陵，站穩腳跟。如此，一方面可節制陳登，另一方面，也可以監視下邳。」

「奉孝以為如何？」

「文若之言，大善。」

「那派何人前往，又如何立足？」

荀攸突然抬起頭來，沉聲道：「我曾聽說，海西自興平二年便盜匪不絕，混亂不堪。當地豪族與山賊勾連，三名縣令在海西，離奇被害，至今仍無法找到兇手。陳元龍此前也曾提及海西，曾言海西混亂不堪，無人願往。主公何不派人前往，若海西大治，即可立足。」

「海西？」

大堂上，眾人交頭接耳，竊竊私語。

曹操沉吟片刻後又問：「公達可有合適之人？」

海西，地處徐州治下，位於廣陵、下邳和東海郡三地交界。如今的問題是，徐州雖然名為漢室領土，可曹操卻難以掌控。呂布自五月大勝袁術後，勢力也隨之暴漲。他本就是能征慣戰的猛將，身邊又有高人為他出謀劃策，帳下更有猛將衝鋒陷陣，曹操也要三思後行。

派人去海西，等於在徐州鍘下一顆釘子。但這顆釘子……卻著實不好做。不僅僅是要節制呂布的動作，還需要承受當地豪族的壓力。

曹操不由得陷入沉思，他帳下能人無數，究竟派誰去，才算合適呢？去海西的這個人，首先是他信得過的人；其次，這個人要有能力，有手段；同時名聲還不能太響，否則就會引起當地豪族以及呂布的關注。這樣一個人，的確不太容易找到。曹操手下能人不少，但要完全符合條件，一時間還真就想不太明白。手指輕敲圍欄，曹操的目光，環視大堂。

「主公，曄薦一人，可當重任。」司空倉曹掾劉曄起身，躬身回答。

曹操連忙問：「子揚所薦何人？」

「便是那乘氏令，梁習。」

「梁習？」曹操有些疑惑，扭頭向董昭看去。

董昭連忙道：「主公莫非忘記了？梁習原本是陳郡主簿，主公去年將他征辟，先為漳長，後任乘氏令。這大半年來，梁習在乘氏所做不差，頗有治名。子揚所薦，倒也的確適合……」

選縣令

董昭和劉曄，都表示了對梁習的支持。

曹操也非常心動。他剛要開口表示同意，卻見荀彧起身。

「主公，梁習才情卓絕，的確是合適人選。然則他才到乘氏半載，政令方行，便匆匆調往他處，於乘氏空無益處。梁習往海西，誰可任乘氏？」

「這個……」

荀彧所言，也頗有道理。

乘氏位於巨野，是兗州重地。曹操雖說將根據地轉到了豫州，但是對兗州，依舊保持重視。畢竟，兗州是他起家之地。

「文若，那你以為當如何？」曹操看著荀彧，沉聲問道。

「彧亦有一人舉薦。此人資歷或許比不得子虞，才學也稍有不足。不過出鎮海西足矣。子虞，就是乘氏令梁習。

「文若所薦何人？」

「此人名鄧稷，字叔孫。」

對於大堂上的大多數人而言，鄧稷是個非常陌生的名字。

曹操也覺得好奇，扭頭向董昭看去。

董昭也是一怔，在曹操耳邊輕聲道：「鄧稷，就是曹雋石之婿。」

曹操不由得恍然，連連點頭，怪不得這個名字聽上去有些耳熟，原來是那位獨臂參軍。獨臂參軍之名，還是從夏侯衡、曹休那邊得來。

典韋初建虎賁，有夏侯衡、曹休為左膀右臂，故而虎賁得以成型。但夏侯衡和曹休任虎豹騎的時候，卻對曹操說：「人皆知虎賁乃伯權與我之功，卻不知若少一人，則虎賁不得成。」

曹操當時就問：「那是何人？」

「便是軍中獨臂參軍。」

鄧稷在虎賁幫忙的時候，領參軍之職，所負責的大都是一些雜事。在夏侯衡和曹休眼中，那些事情極為瑣碎，非常麻煩，偏偏鄧稷能做的井井有條，絲毫不亂，各種物資都記錄在冊，一清二楚，沒有任何的偏差……軍中皆戲稱鄧稷『獨臂參軍』。

正因為有鄧稷做這些瑣碎事情，曹休和夏侯衡才能全力練兵。

所以，當董昭提醒之後，曹操便立刻想起了鄧稷的來歷。

劉曄卻未聽說過鄧稷的名字，於是疑惑的看向董昭。

不等曹操開口，郭嘉也站起來道：「鄧稷，確是合適人選。」

「這鄧叔孫，可靠嗎？」

郭嘉說：「鄧稷與嘉有同門之誼。」

言下之意就是說，如果鄧稷不可靠，那我也不是個可靠的人。

這話一出口，劉曄立刻閉上了嘴巴。他雖得曹操器重，但是和郭嘉相比，卻明顯分量不足。曹操對郭嘉的重視，可說是言聽計從。再者說，大家都是出於公心，既然郭嘉荀彧都表示贊同，那想必這鄧叔孫，確有可取之處……

「攸亦同意鄧稷出任海西令。」

郭嘉話音剛落，荀攸也站起來了。他這一開口，令許多人都不禁感到疑惑。

誰都知道，荀攸和荀彧不是特別對盤。兩個人經常是你說一，我偏偏說二；你讓我往左，我非要往右。論輩分，荀彧是荀攸的叔父，但論才華，荀彧善陽謀，而荀攸則好陰謀，可以說是天生的冤家。兩人當初就漢室正統便有過分歧，後來又因為袁紹而徹底反目。

但荀攸，偏偏又是荀彧所推薦。所以在很多人眼中，荀彧心胸寬廣，有長者之風。而荀攸呢，相比之下，不免有些小家子氣。這更使得荀攸和荀彧的矛盾加深。

而今，這兩人同薦一人，著實令曹操有些驚訝，「公達也知獨臂參軍？」

荀攸道：「攸所以知鄧叔孫，猶早於文若。」

「哦？」荀彧不禁奇怪，扭頭向荀攸看去。

「鄧稷本是棘陽小吏，有做事之能。攸初聞此人時，曾命人往棘陽打探，還專門請教過鄧叔孫的上司，如今南郡從事王威。王威乃荊襄名士，才華出眾，對鄧叔孫，也是頗有讚賞。」

「鄧叔孫不知為何，得罪江夏黃氏，而與丈人一家隨君明來到許都。王威聽說此事之後，還大為惱火，並派人前往江夏，詢問緣由……鄧叔孫在途經汝南之時，還曾協助滿伯寧，做了一樁好大事情。主公尚記得郎陵之亂否？那成堯，正是被鄧稷所斬。」

曹操聞聽，也不由得連連點頭。

郎陵之事他當然聽說過，而且對成堯私設關卡，大為惱火。同時滿寵處決果斷，並且保住了曹洪，讓曹操也非常滿意。只不過，他當時並未留意到，滿寵公文中也提到了鄧稷。

如今荀攸提起此事，曹操就立刻回想起來，「可是西部督郵？」

「正是！」荀攸說：「若主公不放心，可以派人前往平輿，詢問伯寧。據我所知，伯寧對鄧叔孫也很讚賞。當時還有心留鄧叔孫在汝南，只因為鄧稷妻子懷了身孕，所以才來許都。」

不知不覺，鄧稷投奔曹操後，雖沒有任何職務，卻做出了許多事情……

劉曄知道，滿寵是個剛直不會徇私的人。先有荀彧和郭嘉，後有荀攸舉薦，而今又來了個滿寵！加之典韋這層關係，海西令十有八九會由鄧稷出任。

從禮儀上來說，鄧稷有殘疾，本非合適人選。可這年月，動盪得很……河南尹夏侯惇還缺了一隻眼睛呢！如果拿這件事出來說事，說不定還會得罪夏侯惇。

聽說，鄧稷的妻弟和曹真等人舉小八義，這人脈……

劉曄突然有一種感覺，也許自己應該對曹汲多關注一下。

「主公，若以公達所言，這鄧叔孫，的確比子虞合適。」

曹操點頭，雖有些躊躇，但心中已經敲定了海西令的人選。

「公仁。你即刻手書一封，派人送往平輿，與滿伯寧知。」曹操說著話，站起身來，「海西令一事，某當三思，再做決斷……文若，你立刻整理卷宗，將海西縣的情況迅速呈報上來！」

荀彧聞聽，和郭嘉相視一眼，輕輕點頭。而後他上前一步，拱手道：「彧即刻處理此事。」

曹操負手而去，嘴巴裡仍不住的嘀咕著鄧稷的名字。走出大堂的時候，他突然看向了典韋圓胖的臉上，旋即浮現出一抹笑意。

章六 喜臨門

一匹快馬，風馳電掣般衝出春華門，朝著汝南方向而去。與此同時，在晨光沐浴下，一隊車仗從龍山方向緩緩行來。二十多名騎士簇擁著幾輛馬車，很快便來到了許都北城門外。

夏侯蘭催馬上前，從懷中取出一塊腰牌，遞給守城門卒。青銅鑄造而成的虎頭雲紋腰牌，有巴掌大小，正面刻有『虎賁』二字，背面則寫著『中郎將典』四字。

門卒看清楚了腰牌上的字跡，立刻露出恭敬之色。這塊腰牌，表明了這隊車馬的來歷，是虎賁中郎將典韋的人，他們斷然不敢為難。

夏侯蘭收回腰牌，返回車隊。隨著一聲呼喝，車隊緩緩啟動，行入許都大門……

沿著光華門大街行進，一拐彎就駛入一條街道。在一座府邸門外停下來，夏侯蘭旋即下馬。

「公子，到了！」

一襲白裳，博領大衫的曹朋，翻身從馬上下來。只見他長髮盤髻，紮著一塊青色綸巾，足下蹬一雙黑履，把韁繩遞給了夏侯蘭，邁步走上臺階。

「阿福，你們可算來了！」

王猛從裡面走出來，身後還跟著鄧巨業夫婦，王買和鄧範則行在最後面。看到曹朋，王猛大笑著上前，伸出蒲扇大手，揉了揉曹朋的腦袋。

「阿福，這房子，可真大……比咱們在棘陽的那處宅子，要多出三十幾間房子，還有一個花園呢。」王買拉著曹朋的胳膊，笑逐顏開。

鄧範連連點頭，如小雞啄米。

曹朋笑了笑，返身走下臺階，來到一輛馬車旁，低聲道：「爹，娘……咱們到家了！」

沒錯，這處府邸，正是曹朋一家的新居。

隨著曹朋一家在許都漸漸立足，這自立門戶的心思，也就一天強似一天。

典家塢堡很寬敞，可是在曹汲心裡，始終是別人的家。典韋對他們一家也很熱情，但終究寄人籬下，不是長久之計。

曹汲出任諸冶監監令的事情，已經板上釘釘。所以曹汲買新居的心思，變得越發強烈。

曹汲一家不比從前了……當年在棘陽的時候，滿打滿算，也不過是七口人，怎麼都好安頓。可現在，單是土復山的好漢們，就有小二十人。這還沒有算上鄧巨業一家三口……裡裡外外算下來，差不多有三、四十口人。

另外，還得算上即將到來的郭永一家子。郭永夫婦二人膝下三男二女，又是七口人……也算得上一個中戶人家的規模。這麼多人，房子必須要大！否則的話，這麼多人連住下來都是問題。

侯聲迫於曹洪的壓力，同意讓郭永過來。理論上來說，郭永現在是曹汲的家臣。曹汲無論怎麼對待他，都不成問題。可曹汲是個老實人，更清楚自己將來在河一工坊，需要藉助郭永的地方有很多……說起來，大家都是從苦日子裡出來的人，又何必要分出高低貴賤呢？

麻煩的是許都物價偏高，特別是在大批世族湧入後，使得許都的地價節節攀升。而許都的面積遠遠比不上洛陽，所以即便是有錢，也未必能買到合意的房子，於是只能一拖再拖。

好在這個時候，曹洪託曹真來傳話。

「我在北里許有一幢住所，是主公遷都之前買下。原本是打算留著自己用，沒想到到了許都後，主公賜予我一座府邸，原先的住處便一直空置下來。那原本是一個富商的別院，倒也不算太小。中平年間，那富商被太平賊所殺，家道隨之沒落。我從他兒子手裡買過來，也沒花費太多……聽聞阿福在城裡找住所，我可以把我那處住所賣給你們，作價十萬錢。」

十萬錢，也就是一百貫。說實在話，這價格倒也不算太貴，不過曹真卻知道，曹洪當初買下這住處，也不過二十貫。曹子廉那好錢的性子，在這時候體現的是淋漓盡致。

還好典韋、許褚兩家也為了這番喬遷，各贈了二十鎰馬蹄金給曹家。一鎰馬蹄金，差不多也就是十萬大錢。只是這住下來後，需要花費的地方太多。手裡雖有四十鎰金，養活這麼一大家子，還是有點緊張。就在曹汲猶豫的時候，曹洪又傳話來。

「我知道曹大家初來乍到，錢帛上可能有些緊張。這樣吧，這府邸我可以白送給曹大家。不過我有個要求，每三個月，請曹大家造一支刀與我。不需要天罡地煞那樣的水準，只要能達到普通即可……刀上一定要有曹大家的刀銘，每把刀，我願意出五鎰金購買。曹大家若是同意的話，我馬上派人辦理手續，絕不食言。」

普通的刀，五鎰金？而且還搭上一座府邸？

曹朋聽著都覺得奇怪，這曹洪什麼時候，變得如此大方？

後來還是曹真有些不好意思，偷偷告訴了曹朋真相：「曹大家所造的寶刀，如今極受歡迎。

只是叔父所造的盡是好刀，很多人也只能是想想而已。但若叔父造刀，即便是一劄刀，外面也差不多能賣到十鎰金……五鎰金，怕是賣得賤了。我那叔父，是絕不可能算錯這筆帳。」

曹朋頓時恍然大悟。不過，如果能憑此進一步拉進和曹洪的關係，日後在曹營之中，豈不是可以多出一座靠山？如果是這樣算的話，五鎰金倒也正好。

於是，曹汲便答應下來。

他也不清楚自己造的刀，究竟是個什麼價值。反正五鎰金，聽上去是很誘人。一個月折算下來，也差不多有十幾萬錢。再算上他監令的六百石俸祿，以及王猛虎賁郎將那六百石俸祿，足夠養活一大家子人，而且還能過得寬裕。

如今，曹汲和王猛站在府門外，看著眼前這座占地近十畝的豪宅，心裡樂開了花。

十畝地，就是六千多平方米。三進三出，有房舍近百間，一應設施都保存的非常完好，雖比不得虎賁府那般氣勢宏偉，卻別有一番情趣。再者說了，曹汲不過小小監令，若住的太過奢華，反而遭人閒話。這座府邸的大小正好，對於曹汲這一家子人來說，已是足夠了。

幾曾何時，曹汲能想到會有這麼一座豪宅呢？

他對王猛道：「兄弟，我總覺得，眼前這一切好像是在做夢。」

王猛聞聽，不由得笑了，「雋石，咱們不是做夢……依我說，咱們以後，會過得越來越好。」

說這番話的時候，王猛偷偷打量了一眼曹朋，卻見曹朋面色如常，顯得非常冷靜。

也不知道這孩子日後，會有怎樣的一番成就呢？

想到這裡，王猛向曹朋身旁正和鄧範說說笑笑的王買看去：孩兒他娘，我總算是沒辜負妳的託付！也許，自己這一輩子做的最正確的一件事情，就是和雋石成為朋友吧……

想到這裡，王猛忍不住笑了，「雋石，快帶著弟妹，一起看看咱們的新家。」

「走！」曹汲興奮不已，和王猛邁步走進大門。

至於張氏，此時仍有些迷迷糊糊。她倒是知道買房子的這件事，可是卻從沒有來看過。收拾宅子的事情，一直是洪娘子和鄧巨業在操持，她則留在典家塢堡，忙著照顧快分娩的曹楠。

如今，她終於看到了自己的新家，臉上堆滿了笑容。

張氏是個很傳統的女人，家就是她的一切。看曹汲和王猛進去，她總算是回過神來，「朋兒，快帶我看看咱的新家。」

曹朋連忙走過來，攙扶著張氏，慢慢走上了臺階。

每上一階臺階，張氏就會停下來默默祈禱幾句。她祈禱的內容，無非是求上天保佑，保佑她們這一家子能平平安安，保佑兒子前程似錦，保佑女兒能順利分娩，保佑這一切，不是一場夢。

曹朋默默的攙扶著張氏，聽著張氏口中念念有詞，心裡面卻是一陣陣感動……

他想起，剛重生於這個時代的時候，張氏幾乎是不眠不休的照顧他。一口口的餵飯，把那好吃的都留給他，而她自己則和曹汲躲在廚房裡，吃些稀粥裹腹。

看著母親臉上的那份滿足，曹朋覺得，自己所做的一切，都是值得的！

殺人，逃亡……算得了什麼？不就是為了爹娘，能一輩子平安嗎？

眼睛有點發紅，鼻子有些發酸。

腦海中浮現出前世老父親那慈祥的面容，曹朋也隨著張氏一起，閉上眼睛，默默祈禱起來。

爸爸，你在天堂，好嗎？

就在這時候，身後突然間傳來一聲驚呼，曹朋忙轉過身子，回頭看去，卻見曹楠捧著肚子，斜倚在鄧稷的身上，不住呻吟。

「阿楠，妳怎麼了？」

「叔孫……要生了，好像要生了！」

「什麼要生了？」鄧稷本來一腔喜悅，攙扶著曹楠準備進新家。哪知道，曹楠突然呼痛，讓他也不知道該如何是好。

曹朋臉色一變，三步併作兩步，跑到了曹楠身邊，「姐，妳怎麼了？」

「阿福，痛……好像要生了！」

曹朋聞聽，激靈靈打了個寒顫，馬上反應過來，「董曉，董曉……快點過來。」

說著話，他招呼王買和鄧範過來，順手推開了鄧稷。

「先把我姐抬到房間裡去……虎頭、大熊，你們小心點，我姐要生了……快把董曉找來。」

曹朋大聲呼喊，曹府門前，頓時亂成了一鍋粥。

而鄧稷猶自有些發懵，拉著曹朋的胳膊，「阿福，什麼要生了？」

「我姐要生了……孩子，孩子馬上要出生了！」

剎那間，鄧稷呆立在臺階下，整個人如同傻了一樣，久久說不出話來！

王買和鄧範抬著曹楠往府中走去，可剛上了臺階，曹楠便大聲呼痛，聲音格外淒厲。

董曉這時候也從後面趕過來，一見這情況，連忙喊道：「別動她，快點把她放下，放下！」

可問題是，這臺階上冰涼，連個墊子都沒有。曹朋跑到曹楠身邊，手指著大門後的門房道：

「先進屋，先進屋……快點去請穩婆來接生啊！」

董曉說：「洪嬸子、夫人，妳們來幫手，咱們先穩住情況再說吧。」

「對對對，先讓阿楠躺下再說。」

門房的面積不大，但足以當作臨時產房。一個簡陋的床榻，上面還鋪著一層厚厚的艾草……在中原地區，艾草有驅邪辟邪的效用。每當喬遷新居的時候，人們喜歡在各個房間裡擺放一些艾草，以驅趕屋中原有的陰邪之氣。有人從車上取來褥子，鋪在艾草上，然後扶著曹楠躺下。

曹楠一個勁兒呼痛，董曉也有些束手無策。

原因很簡單，他是個男的……這年月，還沒有男人做接生的事情，大都是女人來擔當穩婆。可問題是，穩婆沒來。董曉只能設法緩解曹楠的痛楚，同時不停的催促。好在張氏和洪娘子都生過孩子，所以多多少少有些經驗，她們也不好把董曉趕出去，畢竟穩婆沒有過來，還需要董曉來穩定曹楠的狀況。

曹楠呼痛不已，張氏也有些束手無策。曹朋有心過去幫忙，但是被張氏一個勁的往外推。

「你姐姐生孩子，你在這裡幹什麼？快些出去，看看穩婆來了沒有。」

「娘，穩婆該來自然會來，我在這裡，也可以幫幫忙啊……」曹朋耳聽曹楠的呼痛，也有些亂了方寸。畢竟，她是他在這個世上的姐姐。雖然曹朋和曹楠並沒有太多的感情交流，但這身體裡流淌的是一樣的血脈。曹朋想幫曹楠，只是這一下子，又不知道該如何幫忙。

「女人家生孩子，你一男人能幫什麼忙？」

「阿福，你出去吧……你在這裡，會沾染晦氣的。」

曹楠也忍著痛，勸說曹朋出去。不過話未說完，她又是一聲慘叫。

曹朋一邊往外走，一邊撓頭。突然間，他被擺放在門口的艾草絆了一下，心裡突的一動。

「董先生，用艾灸！」

艾草，早在《孟子》中便有記載：七年之病求三年之艾。

但是艾草的真正用途，卻是在明代李時珍的《本草綱目》中，有了第一次詳細的記載。

艾以葉入藥，性溫，味苦，無毒，純陽之性，通十二經，具回陽，理氣血，逐濕寒，止血安胎等功效。故而又有醫草的說法。本草記載，艾葉能灸敗兵，可暖子宮，逐寒濕的用途。

曹朋沒有讀過《本草綱目》，對艾草的具體功效也不是非常瞭解，但小時候他常見父親在家用艾灸。有一次，曹朋出任務時，在一個山村裡曾見一大嫂分娩在即，可大夫還沒有到來，當地的老人就用艾灸的手法，使那位大嫂暫時安定下來，一直等到大夫抵達分娩，並且母女平安。

也就是說，這艾草有一定的安胎效用嗎？

董曉愕然回頭，有些不知如何是好。

曹朋這時候，已經被推出了門房。他只好在門外大聲喊：「董先生，用艾灸，艾灸……」

「怎麼用？」

曹朋閉上眼睛，努力回想前世那位老先生所用的艾灸之法，旋即大聲的說出來。董曉有些猶豫，抬頭看了一眼張氏和洪娘子。他起身，從那艾草堆裡抽出艾葉，迅速捲成了艾條形狀。

「兩位夫人，要不然……試試看？」

「那就試試看吧。」

事到如今，張氏也是有病亂投醫了。

不過她之所以同意，還有另外一個因素在裡面。曹朋當年曾隨術士學過一年，天曉得他究竟學了什麼東西。這一年中，曹朋給他夫婦帶來太多的驚喜，說不定，他說的這個法子真的有用。

董曉很快便燃起了艾條，並依照著曹朋所說的那幾個位置，開始用灸。

曹朋也說不出個所以然，只能說出大概的位子。但這已經足夠了！一理通，百理通……董曉畢竟是張仲景的弟子，什麼位置有什麼穴位，哪個穴位又有什麼樣的用途，他非常清楚。

門房外，鄧稷臉色蒼白，他不停的呢喃著，顯得焦慮不安。

其他人也都聚集在大門口。

「穩婆怎麼還沒有來？」

「從西里許過來，總要一點時間。」

「我怎麼忘了這件事……上個月你弟妹還陪著阿楠去看先生。回春堂的蕭先生還提醒說，只在這幾日！這幾天淨忙著搬家的事情，居然把這件事給忘了。早知道，等阿楠生下來再說嘛。」

曹汲不斷自責，王猛只好低聲安慰。

就在這時候，聽大門外傳來急促的馬蹄聲。

王買翻身下馬，從馬上攙扶下來一個胖乎乎的穩婆，架著她的胳膊，就往府中走。

「穩婆來了，穩婆來了！」

那胖婆子氣喘吁吁，臉色也是煞白。

「你這小後生，也不說清楚要做什麼。這接生孩子，總需要些安神的藥物，還要準備許多東西。你把老身拉過來，老身也要有幫手啊。」穩婆說著話，便走進了門房。

不一會兒，就見董曉面紅耳赤的出來，站在大門口，長出一口氣。

「董先生，阿楠她……」

「叔孫莫急，嫂夫人的情況很好。穩婆現在已經來了，正和兩位夫人在裡面忙碌，不會有事。」

董曉說著話，突然向曹朋看去：「阿福，你怎麼知道艾草有這等效用？」

「這個……」曹朋眼珠子滴溜溜直轉，立刻回答道：「我在一本書上看到的。」

「什麼書？」董曉頓時來了興趣，「可否借我一閱？」

「這個……非是我小氣，實在是……那本書是我在棘陽時看到。後來你也知道，我爹娘被抓，以至於損失了許多物品。我們當時只顧著逃亡，也不可能隨身帶著那本書，如今不知丟到了何處。」

「那你可還記得，書名做何？」

「《百草經》！」曹朋脫口而出。

董曉一蹙眉，頗有些疑惑的想了半晌，卻始終想不起來《百草經》究竟是出自何人之手……

「疼死我了……」

從門房中，傳來曹楠撕心裂肺的叫喊。

「阿楠，妳要堅持住啊！」鄧稷實在是忍不住了，握緊拳頭，大聲呼喊。

曹朋也湊過去，衝著門房裡喊：「姐姐，吐氣吐氣，用嘴吐氣，吐氣啊……姐夫，你吐個什麼？」

沒想到鄧稷在一旁，卻開始大口吐起氣來。

「呼呼呼……阿楠，吐氣啊！」

鄧稷一邊吐氣，一邊騎馬蹲襠式，握緊拳頭用力。

這時候，他那張慘白的臉，憋得通紅。一個勁兒的用力，那架勢，恨不得進去幫曹楠生產。

曹朋一旁看著，是又好笑，又為姐姐感到高興。

姐夫是個實在人，也是個多情的人。這個多情，可不是濫情，而是對妻子的疼愛。看著鄧稷那副模樣，曹朋走過去，攙扶著他的胳膊。

「姐夫，別緊張，娘和洪嬸子在裡面，穩婆也來了，一定不會有事的。」

董曉也在一旁勸慰，「叔孫，你別擔心。嫂夫人的身體很好，不可能出意外，你就放心吧。」

這大門裡外，亂成一片，就在這時，曹府門外來了一匹馬。

郭嘉從馬上下來，看著曹府門前亂糟糟的場面，不由得為之愕然。等他走上臺階，就看見鄧稷騎馬蹲襠式的站在門房外，握緊拳頭不停運氣，讓郭嘉忍不住笑了。

「叔孫，你這又是所為何來？」

鄧稷扭頭看去，連忙站好，有些尷尬的說：「奉孝，你來了！阿楠正在生產，我這邊有些擔心。」

「弟妹要生產了？」

「是啊！」鄧稷不無自責的說：「這些日子我光顧著這邊房子的事情，居然把這件事給忘了……早知道，就不急著搬家了，與其這麼突然，還不如在塢堡裡，等阿楠平安分娩再來。」

曹汲歎了口氣，「叔孫，這怪不得你！」

「啊……」門房中，傳來曹楠的慘叫聲。

鄧稷也顧不得郭嘉了，轉身衝到門房外，「阿楠，吐氣，吐氣……呼，呼，呼！跟著我，吐氣！」

這個時候，只要是有用的招數，也不管是誰出的，會不會有用處，鄧稷都顧不得了。

郭嘉搔搔頭，有些好笑的看了一眼鄧稷。也不再去打攪他，而是站在一旁，看著曹府內外亂成一鍋粥的模樣。突然，他看到了曹朋，不由得笑了……

「阿福，你也在啊。」

「奉孝先生。」

「誒，不用先生長先生短的叫我。我年紀比你大，和你姐夫又有同門之誼，叫我兄長就好，或者喚我名字也行。」

「那，我還是稱呼您兄長吧。」

如果在以前，曹朋會因為這個稱呼而感到興奮。畢竟，郭嘉也是他極為崇拜的一個人。不過這會兒，他已經顧不上興奮，心裡同樣非常焦慮。好在他還算冷靜，並沒有失禮。

「兄長，可有檢查過身體？」

郭嘉一怔，「我好端端，檢查甚身體呢？」

歷史上的郭嘉，說是操勞過度，在征伐柳城的時候病故。但具體原因，誰也說不太清楚。好端端一個人，為什麼會突然就病故了呢？給曹朋的感覺就是，郭嘉病得突然，死得也很突然。

「兄長，話不能這麼說。有道是小心駛得萬年船，曹公那麼看重你，你更要多愛惜自己的身體才是。正好，董先生在這裡，一會兒讓他幫你查看一下吧。」

郭嘉眉頭一蹙，不明白曹朋為什麼這麼堅持要他檢查身體。

「董先生？」他向董曉看了過去。

董曉連忙拱手，向郭嘉行禮。他雖說沒在朝廷效力，但也聽說過郭嘉的名聲。

曹操謀臣之中，荀彧和郭嘉堪稱他左膀右臂……張仲景要他在許都立足，董曉也一直在等機會。而現在，這機會似乎終於來了！董曉知道，他必須要抓住這個機會，這可是千載難逢。

郭嘉詫異的看了一眼董曉。

「兄長，你可別小看董先生！他可是涅陽張機，張仲景太守的關門弟子。」

郭嘉一驚，連忙問道：「可是長沙張太守？」

「正是！」曹朋知道，郭嘉有些意動了。

「其實，我身體不差……」郭嘉猶豫一下，輕聲道：「不過既是張太守弟子，檢查一下也無妨。」

沒辦法，張機的名聲太大了。

曹操也想過征辟張機。可一來張機的老家在涅陽，是劉表的地盤；二來呢，張機拖家帶口，也不好過來。涅陽張氏，和譙縣許氏不同。許褚當時舉家投奔，是因為那本來就是曹操的地盤，可張機如果想要舉家過來，就沒那麼方便了！估計劉表也不可能輕易放他離去。

「郭先生！」曹朋轉身呼喚。

郭永正和鄧巨業指揮著周倉等人往宅子裡面搬運東西。

曹楠在生孩子，可這家還得繼續搬。從這一點而言，就看出郭永的盡職之處。女人生孩子的事情，他幫不上忙，但是卻在所有人都慌亂的時候，清楚自己應該做什麼，這就是人才……

曹朋覺得，曹遵推薦的這個人，的確是有兩把刷子。

「帶我兄長和董先生，先找間靜室。」

「呃……不著急，且等叔孫這邊妥當後再說吧。」郭嘉連忙擺手。

曹朋聽罷，點了點頭，也沒有強求。畢竟，自家姐姐的事情，目前是頭等大事……

「阿福，郭祭酒的情況，似乎有點不太好。」董曉走到了曹朋身邊，突然壓低聲音道。

這古代大夫，講究望聞問切。董曉得張仲景真傳，這四門基本功，可稱得上是非常扎實。

「怎麼說？」

「我剛才觀察了一下，郭祭酒看上去精神很好，但嘴唇略發青，而且有些乾澀。眼眸神光雖強，但散而不凝……我懷疑，郭祭酒可能在服用五石散。剛才說話的時候，他口中有一股很怪異的香氣。不純，還有點腥……舌苔的顏色有點發白，這都是服用五石散的症狀。」

曹朋還真不是太清楚，五石散是做什麼用。

「董先生，五石散是什麼？」

董曉猶豫了一下，輕聲道：「其實，這五石散是家師所創。家師當初在長沙時，創出了五石散，為的是給當地的傷寒病人服用。這種藥，性子燥熱，對傷寒病人有一些補益。採用五味石藥所製，又名寒食散，服用此藥之後，需以冷食散熱。」

「既然如此，不是好事嗎？」

「這玩意兒食多了於身體無益，而且會產生諸多問題……一般來說，家師也不會輕易開出此藥。還有，五石散用得多了，會成習慣。」

郭嘉，吸毒？董曉話語中的意思雖然隱晦，可是曹朋卻能聽出其中的奧妙。他向郭嘉看去，不由得微微一蹙眉頭，「那可有辦法救治？」

「想來郭祭酒用藥並不久，若加以調養，問題應當不會太大。關鍵是從現在開始，不得再繼續食用。即便要食用，也要根據情況而定。具體的……我現在也不好肯定，還需仔細診斷。」

曹朋點點頭，剛要說話，就在這時，從門房裡傳來了一聲嬰兒的啼哭。那哭聲很響亮，鄧稷等人的臉上頓時流露出狂喜之色。

「生了，生了！」

鄧稷有些癲狂，而曹汲和王猛也是興奮不已。

「阿福，我們有小外甥了！」

「不對，是侄兒……」

王買和鄧範跑過來，拉著曹朋興奮叫喊。

那種狂熱的喜悅之情，讓一旁觀看的郭嘉，也不禁露出笑容……

「恭喜姑爺，賀喜姑爺！」郭永連忙上前，拱手向鄧稷道賀。

鄧稷這時候，傻乎乎只剩下咧嘴傻笑。不一會兒就見穩婆抱著一個孩子，從門房裡走出來。

「恭喜公子，是個男娃！」

「同喜，同喜……」

鄧稷初為人父，樂得已經快要瘋掉了。他從穩婆懷中接過了襁褓中的嬰兒，不住的傻笑。

「阿楠情況如何？」曹汲關心女兒，連忙上前詢問。

鄧稷這才清醒過來，看著穩婆，頗有些緊張。

「母子平安……少夫人剛生下孩子，元氣有些受損。不過調養一下的話，應該就沒有大礙了。」

曹朋湊上前，打量鄧稷懷中的嬰兒，「爹，他長得好醜啊！」

曹汲沒好氣的說：「你小時候，比他更難看。」

鄧稷瞪了曹朋一眼，抱著孩子走進了門房。曹汲父子也緊跟著進去，而後，董曉也進去了。

王買和鄧範跟著想進去，卻被王猛揪住了耳朵，「你們進去湊什麼熱鬧？趕快去幫忙搬東西。」

「董先生為什麼可以進去？」

「他是先生，要給阿楠看身體，你們可以嗎？」

王買和鄧範一縮脖子，轉身跑出了大門。

門房裡，一下子變得擁擠起來。曹楠臉色蒼白，神態略顯得有些疲憊，虛弱的躺在那裡。

鄧稷坐在她身邊，低聲的和她說體己話。那小嬰兒，則躺在曹楠的身邊，似乎睡著了。

屋子裡，不知何時升起了爐火，站在裡面，感覺有些燥熱。

曹朋突然想起了什麼，問道：「姐夫，有沒有給我這小外甥想好名字？」

「啊……」鄧稷一拍腦袋，有些懊惱的說：「我居然忘記了！」

郭嘉也湊進來，笑呵呵的說：「叔孫，現在起名，也不算晚啊。」

「是啊，給孩子起個名吧。」

這就有點考校鄧稷的急智了！孩子的名字，可不是隨便亂起，得有說法才行。

曹楠蒼白的臉上，浮現出一抹紅暈，輕聲道：「叔孫，你來起名吧。」

鄧稷在屋中徘徊踱步，沉吟不語。片刻後，他突然拿起一枚艾葉，在曹楠的身邊坐下來……

「詩云：彼采艾兮，一日不見，如三歲兮。阿楠，剛才我們雖僅隔著一道門簾，卻猶如隔千里之遠……而且，多虧了阿福出主意，用它來幫妳止痛。不如，就叫他『艾』吧。」

曹楠臉羞紅，同時又含情脈脈，淚水在眼眶中打轉。

「嗯，就叫鄧艾！」

曹朋本在為鄧稷剛才那番話感動，聽到曹楠這一句話之後，身體如同受到雷擊一般，激靈靈打了個寒顫。

鄧艾？我外甥，叫鄧艾？

這一次，曹朋懵了……

章七 濮陽鬪

鄧艾，三國後期的名將，也是滅蜀的第一功臣。曹朋有點記不太清，是在哪本書看到過說，鄧艾最初並不是叫鄧艾，後來好像是因為什麼緣故，才改名叫做鄧艾。

所以，看著睡在曹楠身旁襁褓裡的小男嬰，曹朋有點不太相信，自己的外甥居然會是鄧艾？

不過，沒有人會去留意曹朋此時古怪的模樣，大家都在為鄧稷想的這個『艾』字而連連稱道。鄧稷和曹楠也很高興，不住的向大家道謝。畢竟是剛生了孩子，曹楠很快便感到了疲乏。張氏已命人在內宅安置妥當，於是便叫了幾個人，想要把曹楠給抬到後宅去。

這裡是門房，總不成一直待在這邊，但床榻比門房的門寬，怎麼才能抬出去呢？

曹朋眼珠子一轉，立刻計上心來，「姐，妳等我一下，我去想辦法。」

曹楠微笑著點點頭，倚在褥子上，一手輕輕逗弄男嬰，一邊和張氏輕聲說著話。曹汲也站在一旁，不時低聲詢問，言語裡面透著濃濃的快活，眼眉兒此時都笑得扭成了一團。

曹朋拉著洪娘子出去，鄧稷這時候才算鬆了一口氣，走到郭嘉身旁。屋子裡瀰漫著一股艾草和羊水混在一起的味道，讓人有點不太舒服，於是鄧稷和郭嘉便走出門房，先是和王猛拱手道謝，然後又讓人塞給那穩婆一個大大的紅包。

胖乎乎的穩婆連連道謝，又好生叮嚀了一番之後，這才告辭離去。

「讓大兄見笑了！」鄧稷有些不太好意思，搔搔頭，向郭嘉道歉。

郭嘉擺擺手，「誒，初為人父，難免這般……叔孫是性情中人，又何須道歉呢？」他說罷，拉著鄧稷的手，走進院子裡，在一僻靜處停下腳步：「叔孫，還記得我早先和你說過的話嗎？」

「什麼話？」

「我說，你留在許都打熬，並不是一樁好事。現在，機會來了！想必你也聽說了，主公已任陳登為廣陵太守。」

鄧稷點點頭：「這個我確實知道。」

「如今，廣陵郡治下有一縣，名為海西。尚缺縣令一人……本來，劉子揚舉薦了乘氏令梁習，不過被文若與我駁回了。我二人向主公舉薦了你，而且還得到了公達的認同。主公似乎也有些意動，已派人往平輿詢問滿伯寧的意見。」

此前郭嘉和他提起過這件事，所以鄧稷對外放之事，也不是沒有準備。

不過呢，他一直以為，自己就算出去，最多也就是個副手。畢竟他身體有殘疾，而且又沒什麼名氣。許都能人無數，出類拔萃的人更多不勝數，就算論資排輩，也輪不到他做主官。

鄧稷此前不過是棘陽縣的一個佐史，這一下子連升三級，著實有些不知所措，甚至有點發慌。

「怎麼，緊張了？」郭嘉笑著問道。

鄧稷尷尬的點點頭，「不瞞大兄，確實有些緊張……海西，在什麼地方？」

鄧稷對海西縣全然沒有瞭解。不過，他很快便恢復了鎮定！好歹也是生裡去死裡來，經過一番磨難歷練的人，這點事情，還不足以讓鄧稷亂了方寸。

對此，郭嘉一直暗中觀察，露出了滿意的笑容，「海西，就在廣陵北。東臨大海，北連東海郡，同時毗鄰下邳郡的淮浦縣，處三郡之交……」

鄧稷聞聽，一蹙眉頭：「下邳郡？」

郭嘉用力的點了點頭，目光灼灼，凝視鄧稷。

一時間，鄧稷恍然大悟。他似乎明白了，派他去海西縣的真正意圖。

「海西的狀況如今很複雜，文若回頭會讓人送來海西過去十年的卷宗公文，你可以好好研究一下。另外，你也別太擔心，海西縣情況雖然不是太好，但也不是不可收拾。而且，東海都尉衛彌就屯紮於厚丘，麾下有三千兵馬，隨時可以出動。我與衛彌也算至交，到時候我會提前打好招呼。」

郭嘉雖然沒有詳細說明，但鄧稷已經有了一個概念。

「主公可有其他意圖？」

郭嘉笑了，那雙秀氣的眼角一挑，劃出一抹輕柔弧度……

「主公要你在海西站穩腳跟。除此之外，還有一樁事你要留意。鎮東將軍劉玄德，我不知道你有沒有聽說過此人，他現在就屯紮於小沛……主公對此人非常看重。然劉玄德非同等閒，不可小覷之。他在徐州頗有根基，一來是因為陶謙將徐州託付於他，二來此人有識人之明，更知拉攏人心，徐州本地豪族與劉備交往甚密，遠勝於呂奉先。你要設法節制劉玄德，並結交徐州豪族，斷其臂膀，設法令其在徐州陷入無援的境地。」

這難度，聽上去有點大啊！鄧稷眉頭緊蹙一團。

郭嘉笑道：「叔孫，你別太緊張。剛才那些話，是你我私下裡言……主公只是要求你在海西立足，至於其他的事情，若可為，便為之；若不可為，切莫強求，一切還是以安全為主。」

很顯然，對劉備的節制，是郭嘉的主意。

鄧稷想了想，輕聲道：「大兄放心，我當盡力而為……但不知，何時會動身？」

郭嘉說：「你也不用急，這段時間好好在家照顧弟妹，仔細瞭解海西的情況。我估計，你當在九月動身。」

鄧稷點了點頭，不再贅言。

這時候，就聽院子裡傳來曹朋的呼喊聲：「讓讓，讓讓……姐姐，咱們可以搬家嘍！」

只見曹朋在前面走，王買和鄧範嘻嘻哈哈跟在後面。王買的肩膀上，還扛著兩根杯口粗細的木杆，木杆上纏繞著十數根牛皮大帶，而鄧範懷裡則抱著一床褥子，三人風風火火來到了門房外。

「阿福，你幹什麼？」鄧稷害怕曹朋胡鬧，連忙大聲問道。

曹朋笑嘻嘻的回答說：「幫姐姐搬家！」

說著話，三人就進了門房。

郭嘉和鄧稷，相視一眼。

「走，過去看看。」

說心裡話，郭嘉對曹朋倒是頗有好感。

兩人快步上前，走進門房，就見曹朋三人在裡面，把那兩根木杆子平行擺放，中間使用十幾根牛皮大帶相連，洪娘子幫著，在那上面鋪上了一層厚厚的褥子，一邊幹活，還一邊說：「阿楠，阿福可真是聰明。這麼一會兒的工夫，便想出了這個好主意……簡單，還實用。」

郭嘉驚奇的發現，那兩根木杆子，一眨眼就變成了一張舒適的軟床。

而後曹朋招呼曹汲和王猛，小心翼翼把曹楠抬起來，放在褥子上，而後蓋上了被褥。

「這是什麼？」郭嘉忍不住問道。

曹朋一邊忙碌，一邊回答：「擔架！」

他讓王猛和曹汲抬著一頭，又讓鄧範和王買抬著另一頭，隨著一聲呼喊，四個人抬著擔架，慢悠悠的離開了地面。曹楠躺在上面，絲毫沒有感到顛簸，反而覺得很舒適。

「走嘍！」曹朋笑道：「姐姐，咱們搬家嘍！」

張氏把嬰兒抱起來，洪娘子則找人抱起一捆艾草往外走。

「洪家嬸子，妳抱這些艾草做什麼？」曹楠躺在擔架上，好奇問道。

洪娘子笑著回答說：「阿福剛才說這東西有大用處，用來洗身，作用極好，我找人試試。」

曹楠臉上，露出一抹甜意。她白了鄧稷一眼，輕聲道：「阿福，你可真聰明！」

那言下之意就是在責怪鄧稷：跟我弟弟學著點，看我家兄弟，雖沒你讀書多，卻比你強多了。

鄧稷對妻子這種小小的嬌嗔，只有呵呵傻笑，報以回應。

郭嘉心中讚歎，卻又見怪不怪。

曾聽曹公談起過，說曹汲膝下有一子，常能奇思妙想。隱墨本就有些神秘，曹朋作為隱墨鉅子的兒子，腦袋瓜子裡有些稀奇古怪的事物，似乎也在常理之中。古書裡有記載，說墨子曾造飛鳥，三日翱翔不斷……墨家後來以博愛而著稱，多任俠之人，反倒是機關之術漸漸變得不為人知。

郭嘉看曹朋的目光，又多了幾分滿意，臉上的笑容隨即變得更濃了……

「大兄，今日小弟雙喜臨門，一會兒擺酒，你可要留下多喝幾杯。」

喬遷之喜，喜獲佳兒，的確是雙喜臨門。但如果再算上鄧稷即將出仕的消息，那便是三喜臨門！只不過鄧稷和郭嘉都是持重的人，在沒有確定之前，不會告訴其他人。

郭嘉也連連點頭說：「正當叨擾！」

說話間，他和鄧稷往大廳走去，一邊走，郭嘉一邊道：「叔孫，阿福今年已有十四歲了吧。」

「嗯，快將十五。」

「那也到了求學的年紀。」

鄧稷歎了口氣，不無失落道：「本來阿福是有機會的……只可惜，因為江夏黃氏而逃離棘陽，錯失了拜師學藝的好機會。之前，鹿門山龐公對他很看重，有心收他為弟子，還賜以書卷。前些日子，阿楠也和我說到這件事情，還託付我給阿福找個先生……但這一忙，又拖延了不少日子。」

郭嘉沉默了。鄧稷分明是想要請他給曹朋找個名師，可這又豈是簡單的事情？

穎川，是天下聞名的求學聖地，有穎川書院聞名於世……郭嘉、荀彧等人，都是從穎川書院出來。如果曹朋能進入穎川書院，對於他的將來，必大有補益。

問題在於，穎川書院能接受曹朋嗎？

看看穎川書院的那些學子吧，有哪個又是簡單之人？

郭嘉雖說是寒門，但祖上三代廷尉，也有些淵源。至於荀彧、陳群等人，皆高門大閥子弟……曹朋一無名聲，二無出身，想進入穎川書院，顯然非常困難。

當然了，郭嘉可以找人幫忙舉薦曹朋為孝廉，然後就有資格進入書院。問題是，郭嘉會幫這個忙嗎？他就算願意幫忙，也未必能找到肯舉薦曹朋的人。

哪怕是荀彧，也不一定會同意……

孝廉、茂才，每年每郡也就那麼幾個名額。別說幫曹朋舉薦，荀家自己每年還要為這名額爭個頭破血流，又怎麼可能會把名額讓給曹朋？

郭嘉猶豫了一下，輕聲道：「叔孫，不是我不願意幫忙，而是……你知道的，名師難求啊！」

鄧稷哪能聽不出郭嘉的意思，不由得有些失落。

郭嘉有些不忍，於是又說：「叔孫，我倒是有個主意。」

「哦？」

「穎川書院難入，我確實沒有好辦法。不過阿福聰慧，如果沒個名師指點，的確是可惜了他的資質。我倒是認識一些人，可那些人……你知道，都有些臭脾氣。我是覺得，以阿福的聰慧，早晚會成大器。是否『名』師，倒不重要，關鍵是這個人德行出眾，有真才實學。」

「那大兄的意思是……」

「我的意思是，找先生也不一定非找那『名』師。這世上，有才學卻無名聲的人，多不勝數……你還記得，早先讓我給叔父找幫手的事情嗎？」

鄧稷鄭重點點頭，「當然記得。」

「其實，我倒是找到了一個合適的人選。但沒想到，阿福居然找到了郭永。呵呵，郭永這個人我打聽過，比我為你找的人更加合適。因為我為你找的這個人，沒做過長吏，對那些瑣碎事情也不是很熟悉。不過，你即將去海西縣，卻需要有個幫手。」

鄧稷看著郭嘉，有些疑惑：「大兄，你就直說吧。」

「此人家住陳留，名叫濮陽闓。才學非常出色，擅長《韓詩》、《禮》、《春秋》。可惜也是個沒出身的人，如今在外黃教授弟子。我本想讓他幫你，但你剛才說起阿福的事情，我倒是覺得濮陽闓當能勝任此事……對了，文若說，孔文舉對此人雖看不上，但對他的才學也非常敬重。」

「既然如此，主公為何不征辟他呢？」鄧稷一語中的，問到了關鍵。

郭嘉面頰一抽搐，有些尷尬的說：「這個人，名聲不好。」

「呃？」

「他曾因偷雞被罰作半載，太平之亂他又從賊，雖說沒做過什麼壞事，可名聲的確有點……」

偷雞是品行的汙點；從賊更是氣節有虧。無論是哪一條，都算得上是大罪名，怪不得曹操不敢用他……不是不想，而是要擔心身邊眾人的態度。此時的曹操，遠不是後來發出招賢令，明言『無論品性，有一技之長皆可用之』的梟雄曹操。他正在起家的階段，需要考慮的事情也包括方方面面，還有身邊謀臣的態度。

就連鄧稷聽聞這些，也有些不樂意。好端端，你介紹給偷雞賊給我，還要做我家阿福的先生？

郭嘉說：「叔孫，你聽我說完……他偷雞，是因為妻子懷有身孕。他家徒四壁，眼看妻子消瘦，才動了偷雞的念頭；至於從賊，更是迫於無奈。想當初，太平賊聲勢何等驚人？官軍連連敗退，幾乎望風而逃。濮陽闓若不從賊，他妻兒都將喪命，實不得已而為之！」

鄧稷眉頭緊蹙，依舊沒有言語。

「叔孫，這個人確有本事，你不妨考慮一下。若不肯讓他做阿福先生，也可以帶他去海西縣……我想，這個人至少可以幫你解決很多麻煩。」看得出，郭嘉是很中意這個濮陽闓。

鄧稷想了想，苦笑道：「大兄，此事容我三思，再與你答覆。」

「也好……我會著人先把他穩住。」

「穩住？」

「我聽說，這濮陽闓因聲名之故，生活很不如意。他有個兒子，名叫濮陽逸，說起來和阿福的年紀差不多大小。濮陽闓擔心他繼續留在老家，會耽擱了兒子的前程，準備遷往江東。」

可憐天下父母心。鄧稷從前對這句話並沒有太深切的體會，但是現在，就在剛才……他成為了一個父親。也就在小生命呱呱落地的那一刻，他感受到了肩膀上的重擔。突然間，鄧稷似乎理解了濮陽闓的苦處。

一個願意為兒子遠離故土的人……倒也不是沒有可取之處。

想到這裡，鄧稷點了點頭！

章八

一個好漢三個幫

作為漢末帝都，許都雖然比不上當年的洛陽長安，但畢竟是天下矚目的天子之都。在這座城市裡，每天大大小小發生許多事情。大到天下大勢，小到雞毛蒜皮。

鄧稷得子，在這諸多事情當中，幾乎是微不足道。除了幾個親密之人，比如典韋、曹真登門道賀之外，也只有郭嘉在鄧稷得子當天，喝了個酩酊大醉。其他人，即便是荀彧，也只是派人送來了八千大錢，權作賀禮……倒是荀攸著人送來三鎰馬蹄金，合一斤八兩，近十萬大錢。

這也是最為貴重的一筆賀禮，即便是典韋，也不由得嘖嘖稱奇。

「叔孫，公達好像很看重你啊！」酒宴上，典韋忍不住開口問道：「你以前認識公達嗎？」

鄧稷搖搖頭，一臉茫然。

「公達這次可是力保你出任海西令呢。我很少見他這樣子舉薦一個人，你還是頭一次呢。」

「姐夫要出仕海西令？」曹朋疑惑的看著鄧稷。

曹汲和王猛，都驚奇的看著鄧稷。

典韋不禁感慨：這曹汲一家，真是否極泰來，要發達了！前有曹汲成為諸冶監監令，如今鄧稷又要出仕。再加上王猛那虎賁郎將，還有遠在汝陰，出任都尉之職的魏延……不知不覺中，曹汲這一家子人，似已站穩了腳跟。他日曹朋長大，曹家恐怕就要一飛沖天了……

鄧稷說：「奉孝與我說過此事，但目前還不確定。聽他說，主公還要詢問滿太守的意見……如果滿太守不通過，恐怕到頭來只是一場空。」

「滿伯寧焉能不准？」典韋笑道：「他對你，可是讚賞得很呢。」

曹朋點點頭，道：「姐夫，我和你一起去吧。你一個人過去，身邊總得有人照顧不是？姐姐剛生了小艾，身子骨正弱，肯定不能隨行。」

「可是丈人……」

鄧稷覺得這話聽著怎麼這麼耳熟？

想當初，在棘陽受到徵召的時候，曹朋也說過這樣的話。不過，他卻不想帶曹朋去。因為郭嘉已經說過了，海西的情況很複雜，他的任務也非常艱鉅，到時候面臨的困境，絕對比在九女城的時候更嚴峻。

到了海西，他必然會面對當地豪族的攻擊。阿福雖然機靈，但畢竟年紀小，而鄧稷的心態比之棘陽要好許多。他已有了兒子，也就是說，他的血脈已經得到了延續。從孝道這方面而言，他已經盡責了。即便是出了意外，他也沒有什麼擔心。

可曹朋不同……曹汲只這一個兒子，萬一出了事故的話，老曹家可就要斷種了！鄧稷當不得這種責任。

「爹去滎陽，有郭先生協助。他本身的技藝已經足夠，不必太過擔心。再說了，滎陽距離許都才多遠？就算需要幫助，快馬半日就能抵達。典叔父在，還有子丹他們都在許都。我就不相信，他們能袖手旁觀不成？再不濟，伯父也在許都，帶著人過去就是，誰還敢去為難咱爹嗎？別忘了，咱上頭可有人！」曹朋用一種調侃的語氣說道。

典韋抬起頭，看了一眼房梁，「上面哪有人？」

眾人不由得一怔，旋即哈哈大笑。

曹朋莞爾道：「典叔父，我說的不是這個上面……是朝堂之上。如今諫議大夫和爹有合作關係，我四哥在洛陽出任北部尉和河南尹西部督郵曹掾之職。元讓將軍和我大哥關係很好，再加上姐夫和郭祭酒有同門之誼，爹去榮陽，能有什麼麻煩？」

典韋恍然大悟，其餘眾人，也都紛紛點頭。

不知不覺，曹家已經在許都灑下了一張大網。雖說這張網還很殘破，可是卻已經初具規模。

曹汲沉吟許久，開口道：「叔孫，你要是覺得麻煩也就算了！不過我以為，朋兒說得有理。你娘得留下來照顧阿楠，你一個人去海西，也確實需要有人照顧。有朋兒跟著你，阿楠也能放心一些，還是那句話，朋兒別看年紀小，但見識不差，說不定可以幫上你一些忙呢……」

「這個……」

「姐夫，你莫非覺得我是拖累嗎？」曹朋沉下臉來，「還是你當了海西令，就看我不起？」

「我可不是這個意思。只是……海西那邊，情況複雜，可能會有危險。」

「正因為這樣，我才要和你一起去。」曹朋說著起身，大聲喝道：「來人，為我取刀來。」

夏侯蘭捧著一口刀，匆匆走進來。

曹朋二話不說，探手抓住刀柄，一按綳簧，鏘啷一聲就抽出長刀。

「姐夫，你可不要以為，我還是當初那個小阿福。我武藝或許比不得典叔父，也比不得周倉大叔。但等閒人絕非我對手，你如果不相信，我為你耍一趟刀，可以讓典叔父點評……」

說著話，他身似遊龍，身隨刀走，刀隨身轉，在大堂上舞動長刀。

一開始的時候，鄧稷還能分得清楚，人是人，刀是刀。可隨著曹朋長刀越舞越快，刀光閃閃，刀雲翻滾，整個人幾乎被籠罩在一團刀光之中。鄧稷坐在食案後，已看不清楚曹朋的身影。

一股隱隱刀氣，在大堂上散開來。

王買抓起筷子，抬手就扔了出去。只聽喀嚓喀嚓一連串輕弱聲響，筷子在瞬間被劈成數段。

「好刀，好刀法！」典韋也不禁撫掌大笑。

這是白猿通背拳中的天罡刀，也是一套架子功。曹朋前世並不精擅刀法，但也著實練過一段時間。一套天罡刀使出來，令典韋不禁連連點頭。

「叔孫，咱們這麼說吧。一對一的話，阿滿和大頭想要勝過阿福，估計要五十招以上。虎頭的話，估計能和阿福打個平手，就算是略勝一籌，也要百招外才能取勝……大熊嘛！如果真打起來，未必是阿福對手。」

鄧稷大吃一驚。他這條命可是王買拚死救出來，王買的本事如何，他是知道的，等閒幾個大漢，不是王買的對手。而今王買導氣入骨，已到了一個全新的境界，居然要這麼困難才能戰勝小阿福嗎？

曹朋之所以想要離開許都，原因很簡單。

一來，他想要去見一見呂布。那畢竟是三國第一猛將，馬中赤兔，人中呂布，在後世可是鼎鼎大名。既然重生於三國，如果不能認識呂布的話，豈不是可惜？

這第二點，隨著曹操征伐袁術之後，曹操和漢帝，必然會有一場衝突。記得衣帶詔快要發生了吧……曹朋不想留在許都，因為這裡已越發有漩渦的趨勢，弄個不好，就會遭受波及。常言說的好，神仙打架，小鬼遭殃。對於許都城裡的那些人來說，曹朋就是個微不足道的小鬼。

還有最為重要的一點，曹朋感覺到，自己留在許都的意義，不是很大。

不過，這些話曹朋是沒法子和別人講述。

鄧稷猶豫了片刻之後，沉聲道：「此事容後再談，讓我好好考慮一下。」

「那你慢慢考慮，我跟姐姐說去。」曹朋呼的起身，大步往外走，一邊走一邊說：「我就和姐姐說，廣陵盛產美女，姐夫不讓我去，別有用心。」

「喂，你給我站住！」鄧稷騰地一下子站起來，就過去追曹朋。

王買向王猛看去……

「虎頭，你若是想去，就一起去吧。」王猛又怎能不知道王買的心思，於是呵呵一笑。
「真的？」
「只要叔孫同意阿福去，我就同意你去。」
王買二話不說，站起來就往外跑。
「虎頭，你要去哪兒？」
「幫阿福和阿楠姐姐說話……如果鄧大哥不同意阿福去的話，我就跟阿楠姐姐說，阿福說的沒錯。」
曹汲、王猛、典韋三人坐在堂上，你看我，我看你，突然間放聲大笑。

第二天，鄧稷便準備了禮物，前往尚書府，拜會荀攸。
荀攸對他好歹也算有提攜之恩。不管是出於什麼心思，總歸是幫了鄧稷一把。而且，還送了三銙馬蹄金的賀禮，也算得上極為厚重。如果不回禮拜訪，豈不是要被人恥笑？
曹朋呢，則留在府中，幫著母親張氏，收拾自己的家。
周倉等人，住在前院，地方足夠大，房子也足夠多，所以一點也不擁擠；十幾個婢女則被留在了後宅，歸洪娘子掌管。

張氏沒時間來管理這些婢女，而她最信任的就是洪娘子。於是，洪娘子搖身一變，就成了曹府裡的內宅管事。

對此，曹朋也沒有任何意見……

鄧巨業老實巴交，便作了曹汲的長隨。別看曹汲只是個六百石俸祿的小小監令，可按照規矩，他已經有資格設立自己的一套班底。當然，不僅是鄧巨業，包括郭永的俸祿，都要從曹汲的手裡支付。郭永負責文冊檔案等一應文案上的事宜；鄧巨業沒有太大的本事，但好在做事勤勉，跑個腿，當個監工什麼的，也不需要太大本事。只要把事情交代清楚，鄧巨業自然會認真去做。

金秋送爽，陽光明媚。

曹朋找人在後宅搭了個架子，然後做了個簡易的搖籃掛在上面。小鄧艾就躺在搖籃裡，沐浴和煦陽光。

「小艾啊小艾……你究竟是不是歷史上那個鄧艾呢？」

曹朋非常苦惱，一邊推著搖籃，一邊自言自語。

「阿福，你在想什麼？」

曹朋回頭，就見鄧稷不知何時，來到他的身後。他連忙起身道：「姐夫，你回來了！」
「嗯！」
「荀尚書可見過你？」
「嗯，見了……而且還和我說了一會兒話。我也不清楚他是怎麼知道我，但感覺的出來，他對我很關心。而且也沒有傳說中的那麼冷傲。」
一般來說，高門不與寒庶同席，這種情況在魏晉時期尤為嚴重！哪怕你是朝廷權柄極重的大員，可如果你不是世族子弟，就會受到歧視。
荀攸在家中接見鄧稷，並且親切交談，雖不一定說明他沒有門第偏見，但卻可以顯示出他對鄧稷沒有惡感。這樣一個曹魏陣營中極為重要的人，對鄧稷有好感的話，勢必會給鄧稷帶來極大的好處。當然了，這也要有一個先決條件，鄧稷要有真才實學。
「姐夫！打聽個事兒。」
鄧稷坐下來，一邊逗弄著熟睡的兒子，一邊疑惑的看著曹朋：「什麼事？」
「你鄧家……是什麼來歷？」
「呃，我棘陽鄧氏先祖，本是曼姓之國，號為鄧國。《春秋．桓公七年》記載，鄧侯吾離來朝，亦是鄧姓先祖。後鄧國滅亡，便隨之以國姓……鄧氏自春秋以來，就居住在南陽郡。本朝中興名將，也就是雲台二十八將之一的鄧禹，就是棘陽鄧村人……阿福，你問這個幹嘛？」

曹朋猶豫了一下，「鄧村族人，可有年紀和你相仿，子嗣與小艾差不多，也是這幾年出生？」

「這個……好像有不少吧。」

曹朋不知道該怎麼問下去了！

說實話，這種事問鄧稷，估計也是白問。於是他搔了搔頭，笑道：「算了，沒事了！」

可他想要這麼算了，鄧稷卻不同意。原因很簡單，他知道曹朋不是那種多事的人，問這些事情，肯定是有他的原因。聽曹朋的口氣，好像和自己的寶貝兒子有關……鄧稷不由得緊張起來，抓住曹朋的手，「阿福，到底什麼事，你給我說清楚。」

曹朋越是不說，鄧稷就越是緊張。他瞪著曹朋，「你要是不告訴我，我就去和你姐姐說，讓她來問你。」

「好吧好吧……」曹朋舉起手，做出投降的動作，「我承認，我剛才在想事情。」

「什麼事情？」

曹朋腦袋急轉，而後微微一笑，「其實，這件事還真就和你有關。」
鄧稷板著臉，「我在聽。」
「姐夫，你要做海西令，對不對？」
「廢話！」
「可我昨天想了一夜，只我跟著你過去，不免還是有些勢單力孤。」
「那又怎樣？」
「你得找人啊！」曹朋眼睛一瞪，一副孺子不可教的表情，鄭重其事道：「人常說，一個籬笆三個樁，一個好漢三個幫。三個臭皮匠……哦，怎麼也能有點用處吧。你到了海西，難不成事必躬親嗎？有些事情，總不能你親自出面，至少也得找上一兩個可用的幫手，對不對？」
鄧稷想告訴曹朋，其實有人已經幫我找好了。
不過沒等他開口，曹朋就搶先道：「親不親，故鄉人！」
「什麼意思？」
「你看，郭祭酒身邊有一個郭達，是他的同宗；荀侍中身邊用的，也大都是荀氏子弟……你到了海西，想找個可用的人，恐怕沒那麼容易。你想想，族裡有沒有能幫你的子弟呢？」

「鄧村嗎？」鄧稷一怔，旋即露出了沉吟之色。他也不能否認，曹朋這句話，說中了他的心事，「我在鄧村的時候，並不常與人交往……你也知道，族裡是以鄧濟將軍為主，有本事的人……你這麼一說，我倒是想起來一個人。」

「誰？」

「我有個族叔，早年和我父親關係非常親密。只是當初惹了禍事，被趕出了鄧村，在新野定居。不過我父親和他倒是交往甚密……他有個兒子，和我是同年，曾師從江夏太守劉祥門下，與零陵名士劉巴有同門之誼。不過劉荊州和劉祥交惡，所以他一直沒有出山輔佐。」

「要說才幹，他勝我十倍。我修刑名之學，為的是養家糊口；他則專修三韜六略，好縱橫之術……嗯，之前曾聽說他有意前往西川。這有一年多了，我又經歷這許多變故，如今也不是很清楚他有沒有動身。」

曹朋也沒想到，自己隨便找了個藉口，居然還真就說中了鄧稷的心事。

「姐夫，你那朋友叫什麼名字？」曹朋笑呵呵的問道。

歷史上，鄧稷應該是個默默無聞的小人物。那他的朋友，應該也不怎地。

鄧稷說：「他叫鄧芝。」

「那你就寫封信，託人到新野縣打聽一下？說不定這個鄧芝……」曹朋突然止聲，臉上露出了極為古怪的表情。

「說不定鄧芝怎地？阿福，你怎麼不說話了？」

「姐夫，你那朋友，叫做鄧芝？」

「是啊！」鄧稷疑惑的問道：「難道有什麼不對嗎？」

曹朋突然間笑了：「沒什麼不對，只不過聽你把他說得那麼厲害，有些不太相信而已。」

「你這是什麼話……我雖然沒什麼本事，難道就不能認識幾個有本事的人嗎？」鄧稷一臉鬱悶之色，斜了曹朋一眼，輕聲道：「不過這樣一來，可能又有些麻煩。此前奉孝與我推薦一人，也說才華出眾。只是德行……奉孝還說，此人才學很扎實，想讓他為你授業傳道。」

曹朋愣住了！這是給我找老師嗎？

「我是覺得那個人德行不好，當你老師，恐耽誤你的前程。只是奉孝極力推薦，還說希望我能用這個人……我正在猶豫此事！若是子初來幫我的話，我又如何向奉孝推辭呢？」

鄧稷一副苦惱之色，顯得左右為難。心裡面，他肯定是希望讓鄧芝過來幫忙；但郭嘉這邊，又好像不好推辭。畢竟郭嘉也是為他著想，以鄧稷目前的狀況，想要找個合適的幫手，本來就不是一件非常容易的事情……若拒絕了的話，只怕郭嘉面子上會不好看。

曹朋則是一臉無奈之色，「姐夫啊，你只是一個小小的海西令，而且還地處東夷之地，誰又會在意這些？我剛才不是說了嘛，一個好漢三個幫。且不說鄧芝願不願意來！就算他願意來，難道就不需要其他人了？你說他德行有虧，可如果他德行真的很差，郭祭酒會這麼極力推薦？你想那麼多幹嘛！」

一番話，說得鄧稷面紅耳赤。

「對了，那個人叫什麼？」

鄧稷撓撓頭，回答道：「奉孝說，此人是陳留人，復姓濮陽，單名一個闓字，叫做濮陽闓！」

濮陽，曹朋知道，那是個地名。

但姓氏中有濮陽這個姓氏嗎？曹朋還真不太清楚。不過，郭嘉推薦了濮陽闓，說明此人也不同凡響。以郭嘉那種才情高絕，內心極其驕傲的性格而言，他既然這麼推薦濮陽闓，絕不是無的放矢。

「姐夫，既然是郭祭酒推薦，那肯定是經過一番考校。我覺得你不必要考慮太多，不妨先征辟此人。如果他確有本事，你也多一個幫手；如果他德行確實太差，你到時候也有話說。連人都沒見，便一口回絕出去，說不定平白得罪了別人，還會讓郭祭酒面子上不好看。」

「姐夫啊，郭祭酒為什麼要幫你？不僅僅是因為你和他有那狗屎的同門之誼。郭祭酒看重你，是因為你的謙和、你的堅韌、你的品性……可你看你，現在還是以前的你嗎？」

說到後來，曹朋聲色俱厲，說得鄧稷冷汗直冒。

正在屋中和女兒說話的張氏，也聽到了院子裡的爭吵聲。她扶著曹楠走出來，厲聲喝道：「阿福，你怎麼對你姐夫說話的？」

曹朋哼了一聲，甩袖就走。

張氏還要斥責曹朋，卻被曹楠攔住：「娘，妳別怪阿福……他剛才那些話，是為了叔孫好。這些天，叔孫是有些忘乎所以！我倒是覺得，阿福說得有道理。叔孫如今還未成就事業，便如此失態，於他將來並無益處。」

而後，曹楠對鄧稷說：「叔孫，你自己好好想想，莫要再執迷不悟。」

曹楠和張氏，返回屋中。

鄧稷的心，怦怦直跳，坐下來，好半天才平復了心情。他閉上眼睛，努力讓自己冷靜下來，風掠過，捲起他空蕩蕩的衣袖，拂在他的臉上，冷汗刷的流淌下來。

鄧稷是個明白人，而且也能自省。只不過，人在得意的時候，總是會有些難以把握。

「小艾，爹爹是個糊塗人，對不對？」

他撫摸著鄧艾的面頰，臉上的羞怒之色，漸漸淡去。

「來人，把少爺抱回房去。」鄧稷突然站起來，大聲呼喝。

一個婢女匆匆跑過來，把鄧艾抱回房中。而鄧稷，快步向外走去。

曹楠站在窗稜下，看著鄧稷的背影，那甜美的面頰，頓時閃過了一抹笑意。她從婢女手中接過了鄧艾，扭頭對張氏說：「娘，妳看……叔孫想通了！我倒是覺得，讓阿福跟他去海西，是一個不錯的選擇。」

「可是，朋兒年紀還小……」

「娘，妳看剛才阿福訓斥叔孫的時候，可像個孩子？」

沒錯，曹朋訓斥鄧稷的時候，連張氏都覺得有點害怕。

那孩子平日裡風輕雲淡，好像什麼都不在意，總一副笑呵呵的小模樣。可張氏卻知道，曹朋曾經殺過人。這孩子如果真惱起來的話，什麼事情都敢做，是個很有主意的小傢伙……

去年那個纏綿病榻的瘦弱孩子，如今已經長大了！

想到這裡，張氏不由得露出一抹笑容。點了點頭，她輕聲道：「是啊，朋兒已經長大了……」

鄧範正舉著石鎖，呼哧呼哧的打熬力氣。王買手持一支白蠟杆，練習抖槍整勁的功夫。曹朋呢，則坐在一旁的青條石臺階上，看著兩人。

「虎頭，不是用蠻力，而是要用腰胯，骨節的力量。」他不住糾正王買和鄧範的錯誤，聲音也顯得格外嚴厲。

身後，腳步聲傳來。

曹朋沒有回頭。

鄧稷在他身邊坐下，伸出手，揉了揉曹朋的腦袋：「阿福，還在生氣嗎？」

「沒！」

「好吧，我承認，我錯了！」鄧稷歎了口氣，輕聲道：「我知道，我這些天有點得意忘形……幸虧你點醒了我！其實，我現在什麼都不是。」

「那你打算如何？」

「我準備去找奉孝，問清楚濮陽闓的住處。趁去海西之前的這段時間，先請濮陽先生過來。你說得沒錯，我的確是沒有資格挑三揀四。」

「那我就不陪你去了！態度誠懇點。還有，要感謝一下郭祭酒。人家幫了你這麼多忙，並沒這個義務。」

鄧稷已經習慣了曹朋口中不時蹦出一兩個新名詞，所以見怪不怪。他點點頭，低聲道：「我知道了！」

「那你答應不答應，我去海西？」

鄧稷笑了，「只要娘同意，我沒有意見。」

有這麼一個隨時可以提點自己缺失的人在身邊，鄧稷又怎能拒絕？

曹朋立刻露出了笑容……

章九 兄弟同行

鄧稷拜會了郭嘉之後，第二天一早便帶著夏侯蘭，動身前往外黃縣。

外黃位於許都東北方向，往返至少要四、五日的時間。好在，曹家現在不比當初的窘況，可以自備車馬。夏侯蘭帶著幾名土復山的好漢隨行，負責保護鄧稷的安全。而曹朋呢，則悠然自得，每天在家裡習武、讀書，偶爾還會去回春堂，看董曉是如何為別人治病……

董曉會留在許都，為郭嘉調理身體。郭嘉因為服用五石散的緣故，身體狀況不算太好，好在他服用的時間並不算太長，加之董曉發現的及時，讓他斷了五石散，同時調養身體狀況。

畢竟是名醫門生，董曉的醫術不差，郭嘉明顯感覺到自己的精神有了極大的好轉。

郭嘉本想幫董曉在許都城裡開設一家醫館，先穩定下來，而後等合適的機會，再把董曉推薦給曹操……董曉卻拒絕了！他這個年紀，當坐堂醫可不太容易。年齡和經驗的缺失，讓人很難相信他的醫術。即便是開了醫館，也未必有人願意讓他來診治。

人常道：嘴上沒毛，辦事不牢。董曉目前的狀況，只是中醫，還不是『老』中醫。

而且，自從那天曹朋讓他用艾灸之後，董曉對艾草產生了濃厚的興趣。這艾草可以治病，但能治多少病症呢？此外，還有諸多藥草，會不會也具有這種效果？

為此，他還專門寫了一封書信，請人送往涅陽張仲景處求教。

董曉如今最大的興趣，就是曹朋口中那本子虛烏有的《百草經》。他需要翻閱大量醫書，而許都是天子之都，還有許多世家門閥，藏書無數……董曉只拜託郭嘉，為他尋找孤本、珍本。

昨夜一場秋雨，天氣陡然轉涼，許多人都得了小病，使得回春堂裡生意興隆。董曉也沒時間招呼曹朋，曹朋一個人在裡面，也覺得非常無趣。

這天，曹朋在回春堂待了一個時辰，便溜溜達達的離開。

「前面，可是曹大家公子？」

身後，突然有人呼喚，曹朋一怔，停下腳步扭頭看去。卻見一個年紀和他有些相仿的少年，一身月白色禪衣，腰繫玉帶，正駐足街頭向他招手。

「你是……」曹朋覺得眼前少年好像有點眼熟，可這一時間，又想不起對方的來歷。

少年笑了，「曹公子，忘了嗎？此前我們在鬥犬館中見過，你還送了我一口好刀！在下劉光，上次因為匆忙，未能親熱。一直想去拜會，卻又擔心冒昧，給你增添麻煩……」

「臨沂侯！」曹朋想起來了。眼前這少年，就是漢帝族弟，臨沂侯劉光，雅號『漢家犬』。

「哈哈，你想起來了……不過，這大街上，還是喚我劉光吧。聽說，你搬出典家了？」

「正是。」

「那改日若有空，定要登門拜訪才是。」

曹朋笑道：「在下榮幸之至……劉……公子，這是要去何處？」

「呃，剛和人賭鬥結束，正要去吃飯。怎樣，咱們一起如何？」

曹朋面露難色，苦笑道：「非是在下不識抬舉，而是之前與我二哥他們已經約定好了。」

劉光似乎有些失落，但旋即又笑容滿面，「那卻是可惜了……不如改日吧。」

「呃，過些日子，我可能要隨我姐夫赴任。」

「鄧先生要去何處？」

「這個還不是很清楚，只聽說是要外放。具體什麼地方，還沒有確定。」

鄧稷出仕，並不是個秘密，有心人若真想打聽，倒也不會太難。

劉光不無羨慕的說：「公子可以到處走，實在是令人羨慕……」

他身為漢室宗親，又是漢帝的心腹，想要離開許都，卻不是一樁容易的事情。哪怕他權位甚重，終究還是個少年，總是對外界充滿了好奇。

「既然公子還有事，那我就不耽擱了。若有機會，咱們再把酒言歡吧……」

曹朋連忙拱手應承：「一定，一定！」心裡面，卻還是有些奇怪。

這劉光無緣無故，和自己說這些，是什麼意思？

他對劉光沒有惡感，對漢室江山也無甚野心。只是，曹朋知道，曹操未來必然會與漢室衝突。既然自己已決定了歸附曹操，那最好還是和漢室劃清楚界限。

只不過，看著劉光眼中那一抹淡淡的落寞，曹朋又覺得有些不忍……

不管別人怎麼看待劉光，漢家犬也好，臨沂侯也罷，可在曹朋的眼中，他終究還是一個沒長大的少年。身處於危機重重的宮牆內，難免會讓人覺得他少年老成，心思深重。

「臨沂侯，下次咱們鬥犬。」

劉光已經轉過身，正準備離開。聽聞曹朋這突如其來的一句話，讓他不由得身形一頓，愕然轉過身來，向曹朋看了過來……

曹朋的笑容，格外燦爛！

劉光心裡一暖，忍不住也笑了：「鬥犬，你可不行。」

「不試一試，又怎能知道？」

劉光笑道：「那好吧，我等著你的挑戰……先告訴你，我可是如今許都城中第一高手。」

「那贏過我再說吧。」曹朋說罷，和劉光一拱手，轉身離去。

劉光目送曹朋的身影遠去，深吸一口氣，又恢復了往日的沉穩之色，大步向酒樓行去……

濮陽闓的年紀也就在四十出頭，但由於種種原因，看上去頗為蒼老。他生於陳留，如今在外黃縣做教書先生。性子嘛，偏沉冷，不太喜歡說話，平時沒事的時候，就是在房間裡看書。他寫得一手好書法，生平最好《春秋》，喜讀韓詩。這個韓詩，指的是魯齊韓毛四家詩中的韓詩。而且，他擅長《周禮》，一舉一動，都要求很嚴格，是一個極其注重禮法的老夫子。

曹朋在濮陽闓面前的時候，總覺得壓力巨大。

人常說，人有氣場！濮陽闓就有這樣一種氣場。你站在他的跟前，哪怕他一句話都不說，你也會感受到沉重的威壓。是正氣？說不太清楚……反正讓人感覺很有壓力。曹朋今生前世，也算是見過不少世面，但猶自感到有一些緊張。

這麼一個老夫子，想必不一般啊！這就是曹朋在見到濮陽闓時，產生的第一個念頭。說實話，如果不是有荀彧的推薦，濮陽闓也未必就能看得上鄧稷。

濮陽闓本已決定舉家遷往廬江，投奔他當年的好友。但由於荀彧出面勸說他這才打消念頭。他對鄧稷說：「公此去海西，某亦可隨行。不過如果我提出好的建議，你不接受，而且又無法給我一個合適的理由，那我就會自動請辭。」

此話，頗有孫子兵法『將聽吾計，用之必勝，留之；將不聽吾計，用之必敗，去之』之意。聽上去，似乎是在威脅鄧稷，可仔細一想，濮陽闓這樣做，也不是沒有他的道理。

濮陽闓膝下有子，他必須為自己的兒子做打算。大家醜話都說在明處，合得來就在一起，合不來各奔東西，誰也別委屈了誰……

鄧稷初時感覺很不舒服，但轉念一想，似乎也沒什麼大不了。於是，鄧稷便答應下來。

而曹朋從濮陽闓的這番話裡，卻聽出了不尋常的味道。如果一個人不是真有本事，焉能說出這樣的話語來？有本事的人，性子都比較古怪；沒有本事的人，才會唯唯是諾，言聽計從。

濮陽闓還有個兒子，名叫濮陽逸，比曹朋小一歲。此次，濮陽逸並沒有跟著濮陽闓一起過來，而是被濮陽闓安排去了廬江。很顯然，濮陽闓自己也不是很看好鄧稷。

濮陽闓來到曹府之後，依舊表現的很孤僻，不愛與人交談，大部分時間，他都是在認真的閱讀海西縣的那些公文和資料。比如當地的人情風物，比如那裡的氣候條件……

鄧稷呢，每天都會帶著曹朋前去問安。即便濮陽闓對他不太理睬，也沒有流露出半點不滿之色。曹朋跟著鄧稷，也在暗中觀察濮陽闓，試圖尋找他的破綻……

只可惜，濮陽闓清心寡欲，不好女色，也不好錢帛，生活上更像是一個標準的苦行僧。每天早上天不亮起床，鍛鍊一下身體，然後在書房裡讀書。午飯過後，他會小睡一下，時間不超過半個時辰，睡醒後，就開始閱讀公文卷宗。晚飯後在附近散步半個時辰，回來後洗漱，就寢。

而鄧稷的那位同鄉鄧芝，書信已經派人送過去，至今仍沒有回覆。

時間過得飛快，一眨眼間，朝廷的任命送抵曹府，任鄧稷為海西令。

就如同郭嘉所說的那樣，滿寵那邊沒有為難鄧稷。相反，在得知鄧稷要去海西的時候，滿寵還很高興，向曹操派去的使者說了許多鄧稷的好話。

曹汲已經在河一工坊上任，家中只剩下張氏母女，還有剛滿月的小鄧艾。

鄧巨業夫婦則留在許都曹府之中。本來，曹楠是想要跟隨鄧稷一同去海西縣。可考慮到她剛分娩，小鄧艾又小，離不開娘親，所以被鄧稷拒絕。除此之外，曹府裡還剩下十個婢女，以及十名家將。周倉、夏侯蘭帶著十名士復山的好漢，隨同鄧稷一同前往海西縣赴任……

曹朋也隨著鄧稷一同前往。

雖然鄧稷本意是希望曹朋留在許都，設法拜入一位名師門下，可曹朋卻堅決不同意。

「讀萬卷書，不如行萬里路。我隨姐夫一起去海西，可以增添更多的見識。《詩》、《論》我已經可以通讀下來，如今正在讀《尚書》。如果我有不懂的地方，可以求教姐夫，也可以求教濮陽先生，他定會教我。」曹朋說罷，還向濮陽闓看去。

濮陽闓面色沉冷，表情冷冰冰的。不過，從他那一閃即逝的眸光中，曹朋讀出了一絲讚賞。

「如果小公子問我，我知無不言。」

鄧稷這段時間也一直和濮陽闓接觸。濮陽闓看上去冷冰冰的，性子也很古怪，但說起學問，他的要比鄧稷更加扎實。畢竟是教過書的人，對傳統的《詩》、《論》理解，遠非鄧稷可比擬。

如果濮陽闓願意教曹朋，鄧稷也沒有意見。但鄧稷也有一個底線：曹朋不能拜濮陽闓為師。說到底，還是濮陽闓的名聲不好。

曹朋倒是明白鄧稷的想法，而他心中，其實早就有了一個人選。
但是，他不知道那個人，是否願意收他……
建安二年八月末，曹操在許都，誓師伐逆。以汝陰太守滿寵為先鋒，統八千人屯紮汝陰；又以郭嘉為軍師祭酒，司空曹掾董昭為司馬，命裨將軍徐晃、平虜校尉于禁、離狐太守李典，各點一萬精兵，兵分三路，征伐袁術……
曹操自領中軍，命典韋、許褚各領虎賁虎衛二軍出征。
同時，鎮東將軍劉備、左將軍呂布以及烏程侯，漢明將軍孫策，分別起兵，直撲壽春而來。
一時間，天下震盪！
雖說曹操此前身經百戰，可這一次，性質完全不同。曹操這叫代天討逆，自然務求一戰而勝，不僅僅是要打贏，而且還要贏得漂亮，贏得乾脆。不如此，不足以體現出漢室威風。
有人稱讚，自然也有人冷嘲熱諷。袁紹雖然沒有說什麼，卻擺出一副坐山觀虎鬥的架勢；而荊州劉表也不甚開懷，雖有心出兵襲擾一下曹操，但考慮到名聲，他最終還是放棄了這個想法。
三萬大軍，浩浩蕩蕩出征。

而就在曹操率部征伐袁術的當天，一行車隊悄然離開許都。

迎著黎明的曙光，曹朋一行人踏上了東行的路途。鄧稷乘坐一輛馬車，濮陽闓也有一輛馬車。車上除了一些行李之外，更多的則是一疊疊書簡和卷宗。荀彧轉交過來的那些公文，鄧稷盡量帶走。他對海西的瞭解還不是很多，所以趁著趕路的時候，也可以多瞭解一些情況。

周倉和夏侯蘭帶著人在前面開路，曹朋與王買、鄧範三人在後面押車。

「阿福，那老東西，可真會擺架子。」

王買催馬與曹朋並轡，低聲嘀咕道，目光則落在第二輛馬車上。那車裡，坐的正是濮陽闓。

「虎頭哥，休得牢騷！」曹朋一蹙眉，斥責說：「伯寧先生確有才學，而且見識廣博。咱們以後要對他多有尊重才行。你要是再嘮叨的話，就回許都去，我和五哥去就足夠了……」

王買一咧嘴，連連拱手，「……好吧好吧，我以後再不發牢騷了！你可千萬別讓我回去。」

王買不牢騷了，鄧範自然也不會說什麼怪話。三人一邊跟著馬車，一邊低聲交談。

「前日三哥還喊著也要過去……唉，在許都待這麼久，一下子分開了，確是有一些不捨。」

「是不捨三哥，還是不捨許都繁華？」

「當然是三哥他們……許都再繁華，與我有何干係？我整日練武，也沒啥在許都戲耍。」

曹朋笑道：「難道你真的留念許都？」

鄧範突然說：「我想我爹，還有我娘……」

長這麼大，鄧範還沒有離開過父母。這次一去海西，和許都遠隔千里，難免會生出思鄉之情。這才剛走出許都的城門，鄧範就開始發作了！也幸虧他是和曹朋等人一起走，如果是孤身上路，說不定這會兒已經開始流淚。

曹朋沒有笑話鄧範，王買同樣也露出幾分牽掛之色。

「我也想我爹……他今天隨主公出征，不曉得……」

印象裡，曹操征伐袁術，最終是勝了！但好像是贏得沒那麼輕鬆，不過也沒有損失太嚴重。

「虎頭哥，你莫擔心……王伯伯是虎賁軍，職責宿衛中軍，又不是衝鋒陷陣，你擔心什麼？」

「可宛城之戰，典中郎不也是宿衛中軍嗎？」

王買一句話，差點把曹朋給噎死。

曹朋撓了撓頭，「虎頭哥，這是兩碼事。」

「怎麼是兩碼事？」

「上次曹公在宛城，主要是因為……掉以輕心；而這一次呢，曹公絕不可能再犯同樣錯誤。而且，曹公這次有郭祭酒跟隨。郭祭酒是什麼人？想必你也清楚，怎可能讓主公重蹈覆轍呢？」

王買聽罷，也覺得有些道理。他旋即展顏，露出笑臉，正準備說話的時候，忽聽身後傳來一陣陣急促的馬蹄聲，越來越近。

「阿福，阿福等我！」

曹朋勒住馬，回身看去。只見身後大路上，煙塵滾滾，一隊騎軍風馳電掣般，從許都方向疾馳而來。為首兩員小將，胯下烏騅馬，一個身負雙戟，手持大斧；另一個掛弓負箭，馬背上倒插一支九尺龍雀。兩人身後，還有二十騎隨從，和兩輛大車。

曹朋一見這兩人，也不由得愣住了。他撥轉馬頭，就迎了過去。

「二哥、三哥，你們這是要去哪兒？」

兩員小將正是典滿和許儀。只見他二人興致勃勃，一臉的興奮之色。

「阿福，我們決定了，和你一起去海西縣。」

典滿連連點頭，「是啊，你這一走，我和大頭都覺得，許都變得好生無趣。大哥去了虎豹騎，如今整日裡在營中操演，根本沒有閒工夫；老四和老六，一個去了洛陽，一個去了長安……

我和大頭盤算了一下，反正在許都，也沒什麼事情可做，索性和你一起去海西，增長見識！」

「你們要和我去海西？」

「是啊！」許儀興奮的揮舞手臂，「聽說海西如今混亂，正是我兄弟建立功業的好時候！」

這兩位，莫非是把海西之行，當成了遊玩嗎？

「阿福，你看，我們都準備妥當了！大頭還專門從族中抽調出來二十個族人，和我們一同過去。你可別小看他們，可厲害得很呢。都很能打！到了海西以後，一定能幫上你們的忙。」

這時候，鄧稷也聽到了後面的騷動。於是命人停下馬車，走出來查看情況……

「阿福，怎麼回事？」他有些不滿的問道：「咱們還得趕路，若再耽擱，天黑了可就要錯過宿頭，露宿荒野中了。」

「呃……二哥和三哥來了！」曹朋一臉苦笑，看著鄧稷說：「二哥和三哥說，要和咱們一起去海西縣，還帶來了車馬！」

「什麼？」鄧稷聞聽，嚇了一跳，「阿滿、大頭，你們也要去海西嗎？」

許儀在馬上一挺胸脯，「那當然……我們和阿福是結拜兄弟，怎能忍心看他身處於危難？」

老子何時身處危難了？曹朋在心裡，破口大罵……你們跟著去，那才是讓我身處危難！

鄧稷還想勸說，就聽典滿道：「鄧大哥，我們和阿福去，我爹他們可都同意，否則大頭也不可能帶著人過來。你要是不答應，我和大頭也不勉強。你們走你們的，我和大頭自己去海西就是。」

典韋和許褚是否同意，此時已無處可查。濮陽闓突然打開車簾，「叔孫，既然他們要去，就帶上他們吧。反正你到了海西，也需要人手。他二人說不定能幫上忙……再者說了，你不讓他們去，他們也會去，萬一路上出了岔子，豈不是更麻煩？」

鄧稷想了想，「既然如此，你們就跟著吧……不過話說清楚，你們可得聽我的命令！」

「這是自然，這是自然！」典滿還神神秘秘的說：「鄧大哥，我們還帶了三副鎧甲呢！」

「出發，出發！」許儀大呼小叫，指揮著馬車跟上去。

曹朋落在後面，看著興奮不已的典滿和許儀二人，忍不住對王買說：「我總覺得，他二人是偷跑出來的！」

「那怎麼辦？」

曹朋搔搔頭，苦笑道：「還能怎麼辦？跟上他們，咱們可得盯緊一些，別讓他們招惹是非。」

章十　兩千年的優勢

從許都到海西，需通過三州之地。這漫漫長路，走起來似乎並沒有那麼愉快。雖說曹操執掌朝堂以來，已盡力恢復各地元氣。但一路走過來，放眼望去，屍殍遍野，盡是荒蕪之色。

城鎮周遭的狀況好一些，可一旦遠離城鎮，情況就變得越發惡劣起來。廢棄的村莊，殘垣斷壁；荒蕪的土地，野草叢生……簡陋的墳包，隨處可見。更有甚者，一路走下去，也許一兩個時辰不見人煙，只見慘白枯骨。

典滿和許儀一開始還興致勃勃，然則走了兩三天後，就變得有些沉默了。兩人不再嬉笑，大多數時候，他們會看著那淒涼景致，默默不語，甚至有時一路都在思索。

曹朋沒有去打攪他們，更沒有開玩笑。他只是靜靜的觀察，不願去打斷典滿和許儀的思路。

兩千年的優勢

行出第四天，車馬度過浪湯渠，抵達高陽亭。這離己吾很近，典滿突然提出想要回家看看。四天的行程，令典滿似乎成熟許多。

曹朋把典滿的要求告知鄧稷後，便答應了他的請求。

「三哥，我隨你一同前往？」

「不用了，你們在這裡好好休息一下，我最遲明天一早便趕回來。」

看看天色，也著實晚了，曹朋沒有強求，便點頭答應。

眾人決定，當晚就留宿於高陽亭，等典滿回來。

四天曉行夜宿，所見盡是蕭瑟。對人的精神和體力，也都是一場巨大的消耗。大家都顯得很疲憊，所以吃罷了晚飯，便早早歇息。

曹朋先和夏侯蘭、周倉一起，安排了值守的事情。鄧稷在房間裡看公文，抓緊一切時間，瞭解海西的狀況。

蕭瑟的夜風裡，已有些寒意。庭院中，有枯草蔓蔓，幾根紫藤花順著院牆攀爬，還開著幾朵白色的小花。這種紫藤花，曹朋在前世沒有見過。據說這是當地一種極其常見的植物，逢秋冬之交盛開。每當紫藤花開，便知道冬將到來。

曹朋在庭院裡，練了一會兒樁功，精神頭也變得旺盛起來……

自從導氣入骨之後，曹朋就陷入了一個相對緩慢的成長期。骨骼的不斷強韌，需要大量的氣血補養。只有當骨骼達到了某種程度的強韌之後，才有可能繼續成長。

這是易骨的必然階段，所以曹朋也不著急。雖說長途跋涉，無法像從前那樣練功，可是每天抽時間，練一會兒樁功，效果還是相當不錯。筋經舒展，身體才能夠強健。

曹朋對自己的狀況是心知肚明。什麼大局觀，什麼才學，都是他媽的浮雲，偶爾拿出來炫耀一下還行，可時間長了，早晚被人看出自己是個空心蘿蔔。所以，他才要努力的學習，並且抓緊時間練功。一副強健的身體，一身出類拔萃的武藝，至少可以在這個時代生存下去。

他不像鄧稷，土生土長的漢朝人；更不可能和典滿、許儀一樣，有強大的背景……有時候，曹朋甚至覺得自己比不上王買和鄧範。要說起對這個時代的瞭解，自己遠不如他二人。

生存的壓迫，使得曹朋時時都會有一種強烈的危機感……

「誰！」一聲輕響，把曹朋從沉思中喚醒。

他本能側步轉身，朝著聲響的源頭看去。「濮陽先生？」

夜色中，迴廊昏暗的燈光下，濮陽闓清臒的身影，出現在曹朋的視線內。

一襲白色長衫，在黑暗中很醒目。濮陽闓是個很注重禮法的人，什麼季節著什麼樣的服裝，他絕不會弄錯。如今眼看著冬天就要來臨，他還是穿秋日著裝的白色禪衣。用他的話，冬至不來，秋仍在，所以衣著色彩必須遵循。

對此，曹朋也無可奈何。

濮陽闓從陰影中走出，疑惑的看著曹朋：「友學，你還未睡嗎？」

曹朋給自己取字，但由於年齡的關係，所以大多數人喜歡稱呼他的乳名。

但濮陽闓卻不一樣，他是嚴格的遵循禮法習俗。既然你有了字，那就不能再呼喚你的乳名。

而且，在濮陽闓看來，既然你取了字，也就表明，你已是成人。

雖然他和曹朋沒有任何關係，可對待曹朋，卻是以成年人的標準來對待。說實話，曹朋對『友學』這個表字，感覺還是有些古怪。他前世叫曹友學，用友學也算是對前世的一種懷念。他希望用這種方式來提醒，他是個重生者。可大家一直以來『阿福阿福』的叫他，又使得曹朋時常產生一種錯覺，他就是這個時代的人……有時候，還會對『友學』產生排斥。

上一次使用『友學』這兩個字，還是在羊冊鎮驛站的時候。這一晃，就快一年了……

乍聽濮陽闓稱呼他做『友學』，曹朋竟生出一種如墮夢中的錯覺來。

「啊，姐夫還沒睡，我擔心他有什麼事情，所以……」
哪知道，不等曹朋說完，濮陽闓便打斷了他的言語。
「友學，你要記住，以後與外人言時，不可喚叔孫為姐夫。他如今是海西令，等到了上任以後，所做一切都會被許多人關注。你總喚他姐夫，就會讓很多人誤會。不管你做什麼事情，別人都會認為，是叔孫在你背後……私下你如何稱呼都可以，但和外人交談時，需尊他官位。」
「啊？」
「你別以為這是小事，此為禮法。鄧海西赴任之所，乃世族林立之地。他出身不好，加之又無甚名氣，勢必會被當地人排斥。正因為如此，你們的一言一行，都要遵循禮法，唯有這樣，才能夠被當地世族所接受……我也知道這並不容易，甚至有些委屈了你。可你既然要跟鄧海西赴任，就要為他著想……叔孫常言，你是個聰慧之人，想必也能理解。」
不得不說，這老頭刻板的可憎。但又讓曹朋感激不已。至少，濮陽闓是個很盡職的人。既然他做了鄧稷的幕僚，所做一切，都是站在鄧稷一方考慮。
曹朋躬身一揖：「小子受教。」
「還有，提醒鄧海西，他衣著不對。」

曹朋一怔，看著濮陽闓，有些不太明白他的意思。

「他雖無功名，卻是朝廷命官，所以著裝當循禮法……你看他，秋時未過，冬日未臨，他卻穿著青色衣衫，成何體統？他現在，應著白衣。等到了冬日，就當換上黑色衣袍。這樣一來，即便是他身無功名，拜訪當地人的時候，也不會被人看輕……有些話，我不好對他說，你既然是他妻弟，就應該時時提點。海西，如今可不是一個平靜之所，叔孫此去，步履維艱啊！」

濮陽闓突然間發出一聲感慨。

「先生，海西如今是怎樣的狀況？」

「自太平賊亂世以來，海西一直處於動盪。即便是陶恭祖在時，也未能真正的把握住海西。過去三年裡，海西換了五個縣令，有的是離奇身亡，有的則是掛印而走，不知所蹤。如今甚至連海西縣的印綬都不在朝廷手裡，而是被當地豪強掌控。而這些豪強，偏偏又背景複雜。叔孫欲立足海西，困難重重。」

曹朋曾聽鄧稷說過海西的狀況。那些公文，鄧稷保管的很好，一般是不會讓曹朋接觸。濮陽闓是他的幕僚，接觸起來自然方便，曹朋聽他這麼一說，頓時生出緊張感，等著濮陽闓繼續說下去，讓他也好做些準備。

哪知道，濮陽闓突然閉嘴。他沉默了片刻，扭頭看著曹朋。

「聽說，你已通讀《詩》、《論》？」

曹朋點點頭，疑惑的看著他。

「那你以為《論》所著何也？」

這問題，可有點大了！濮陽闓是問曹朋：《論語》裡，都寫了什麼？聽上去似乎很簡單，可實際上卻包含著諸多內容。

要知道，自《論》問世，有諸多版本的解釋。特別是董仲舒廢黜百家，獨尊儒術以來，《論》更被儒者奉為經典，蒙上一層神秘面紗。非高明之士，不可以注《論》。因為那裡面包涵了孔仲尼的言談，誰敢輕易注釋？

濮陽闓這個問題，似有考校之意。

只是，他就不覺得讓一個十四歲的孩子來評價《論》，有點過分嗎？

可既然濮陽闓劃出道來，曹朋斷然不會拒絕。

曹朋想了想，回答道：「《論》所載，無非下學之事。」

濮陽闓聞聽，眉頭一皺，「繼續說。」

曹朋見他沒有發表意見，於是大著膽子回答道：「學生以為，讀《論》，需用明於心，汲汲於下學，而求起心知所同然者，功深力到。他日之上達，無非是今日之下學。所以讀《論》，必知通體而好之。」

曹朋是說，《論語》記載的，無非是生活中的瑣碎，同時包含著孔聖人一生的成長感悟。想要明白其中的奧妙，需身體力行，從生活中的瑣碎感悟，然後慢慢體味孔夫子的高妙所在。生活夠了，感悟就有了，隨著年齡的增長，對其中的感悟越深，自然就可以水到渠成。

也就是說，曹朋反對如今許多名士，截取《論》的某一個章節大肆點評；同時，曹朋等於駁斥了當下許多名士的觀點，口吻中自然流露出一絲絲狂放之意。

濮陽闓的表情，有些難看。他沉默片刻，突然又問道：「子曰：學而時習之，不亦說乎；有朋自遠方來，不亦樂乎；人不知而不慍，不亦君子乎……友學既然通讀《詩》、《論》，想必也能為我解惑其中之意。」

這可是牽扯到具體的學術觀點了！

曹朋深吸一口氣，「小子以為，學而時習之，重點在於『時』和『習』兩個字上。什麼是學問？小子覺得，學問並非只是讀書。學問不是文字！一個人的文章再好，也只能說他文章好；一個人懂得再多，也只能說他見識廣博。小子以為，學問，不一定要懂得讀書識字。」

「把人做好，把事情做對，那就是學問。《莊子》將有道之人，稱之為真人。什麼是真人？小子以為，把人做好，就是真人……何為道？子曰：一以貫之。能夠秉承如一，無論艱辛挫折和失敗，堅定自己的信念，就是『一』。做到了『一』，就是做好了人；做好了人，才是真正的學問……所以，學而時習之，小子認為是從生活中時時堅持自己，時時體悟，方能有所獲，方能感受快樂！」

濮陽闓倒吸一口涼氣！

不得不說，曹朋這一番話，幾乎是推翻了這時代中大多數人的觀念。聽上去有些荒誕，一個不識得字的人，如何能被稱之為有學問的人？可轉念又一想，曹朋所言，不無道理。

而且從他這一番話，濮陽闓可以肯定，這孩子真的是通讀了《論》，否則不可能有此見識。

曹朋，似乎又回到了當初羊冊鎮車馬驛時，與司馬徽、龐季侃侃而談的那種狀態裡。

鄧稷正好有些乏了，所以走出房間，看到曹朋和濮陽闓並排而坐，似乎正在討論著什麼事情，不由得心裡感到奇怪。因為濮陽闓這個人，經過近一段時間的接觸以後，鄧稷也算是有所瞭解。那是個從骨頭縫子裡都會透著驕傲的人！即便是答應做自己的幕僚，濮陽闓也很少對他和顏悅色。更多時候，鄧稷會覺得，濮陽闓根本不想幫他，所以是故意氣他，想要產生矛盾。

可現在，濮陽闓的態度，卻顯得格外鄭重！

如果坐在濮陽闓對面的是某位當世大儒，他這種態度，倒也不值得奇怪。偏偏，坐在濮陽闓面前的是曹朋，一個年僅十四歲的少年。能讓濮陽闓表現出如此鄭重的神態，著實讓鄧稷吃驚。

「夏侯，他們在說什麼？」鄧稷忍不住拉住門口值守的夏侯蘭。

夏侯蘭搖搖頭，「我也不太清楚。好像是剛才濮陽先生考校阿福，卻被阿福一番言論折服了！」

鄧稷聞聽，大吃一驚。他做了一個手勢，示意夏侯蘭不要出聲，而後輕手輕腳就靠了上去。

早就聽說，阿福曾舌辯司馬徽與龐季；早就聽說，阿福大局觀超強。可說句實話，鄧稷對曹朋的學問，並不是太瞭解。在他看來，曹朋時常會有奇思妙想不假，但學問……恐怕也不見得如何——一個十四歲的小孩子！鄧稷十四歲的時候，似乎還是什麼都不懂的普通少年。

「有朋自遠方來，不亦樂乎。我以為，其真意是在『朋』與『遠』。這個朋友，不一定是身邊的朋友，而這個遠，也不一定是地域上的遠近。」

鄧稷激靈靈打了個寒顫！他聽清楚了曹朋的話語，不禁大驚失色。

我的個天，阿福這孩子也太膽大了吧……聽他這口吻，分明是在講解《論》。說嚴重一點，這傢伙是在注《論》，你才多大一點，竟然敢講解論語？若傳揚出去，豈不被人罵死嗎？

在鄧稷看來，濮陽闓定然會勃然大怒。

哪知道，濮陽闓刻板嚴苛的臉上，卻悄然浮現出一抹古怪的笑容，「友學，願聞其詳！」

曹朋必須要有感恩之心！

感謝上蒼不是讓他生在明清時代，而是重生於時局動盪，但文化相對開明的東漢末年……

如果曹朋生於盛唐，他的言論會遭受鄙薄，甚至根本無人理睬；若生於宋，則會被人恥笑。如果是生在明，他會被冠以大不敬，敗類之名。因為他的言論，在一定程度上觸動了士大夫的權益。一個連字都不認識的人，也敢妄稱學問？那又置那些飽讀詩書的大儒於何處？

東漢末年，時局動盪，各種思想正在交匯融合，以至於曹朋無論說什麼，只要他說得有道理，就能被世人所看重，敬重。

此時，濮陽闓已不再是用一種考校的態度來詢問曹朋。他甚至是在用請教的語氣，和曹朋在平等的層面上進行交流……

也許曹朋並不知道，他這一番言論，會給他的未來造成多麼巨大的影響，產生何等變數。

曹朋正在享受濮陽闓眼中的那一抹關注。

「做學問的人，必須要做好準備。準備什麼？小子以為，是準備好享受寂寞。」

濮陽闓愣了一下，疑惑的看著曹朋，等待他做出解釋。

曹朋說：「君子有所為有所不為。所謂義之所至，義所當然。仲尼不為富貴所動，可以說，他一輩子所做，又有多少人能夠理解？就好像他說的那樣，三千弟子中，可能只有顏回能夠理解他。除此之外，即便是曾參、子貢，誰又能明白？可是他還能謹守貧窮，堅持自己的信念和理想。」

「所以小子以為，仲尼做的學問，是為家國天下，為千秋萬代所做。沒有人理解，焉不寂寞？仲尼在著《春秋》之後，曾說：知我者《春秋》，罪我者《春秋》。五百年，直至五百年後，太公撰寫《史記》，將仲尼列入世家；董仲舒罷黜百家，獨尊儒術……」

「先生，仲尼享受了五百年的寂寞而被人認可。人常說，得一知己，死而無憾。若仲尼有靈，知五百年後有人理解他推崇他，算不算知己？算不算朋友？想必他九泉之下，也會開懷。」

濮陽闓突然仰天一歎，「若仲尼有知，八百年後能有你這樣的知己，定然會更加高興吧。」

濮陽闓素以儒者而自豪，他精研韓詩，苦讀《周禮》，自認為是《春秋》大家。哪知道，他讀了幾十年的《春秋》，才知道《春秋》和《論》，竟然要這樣研讀，才能夠真正理解。

「這『人不知而不慍』……」

「夠了！」濮陽闓突然打斷了曹朋的話，站起身來。他朝著曹朋拱手一揖，長出一口氣道：「子曰三人行必有吾師，時至今日，我方真正明白。」

「先生……」

「友學，我有些累了，想回去休息一下。有什麼事情明天再說吧。」說完，濮陽闓轉身就走了。燈光下，那清矆的背影，顯得有些佝僂。

濮陽闓好像變得蒼老許多，以往矯健的步伐在這一刻也變得有些蹣跚，好像失去了魂魄。如果說出這番話的人，是孔融、是鍾繇、是鄭玄、是……哪怕是鄧稷，濮陽闓都會覺得好受一些。偏偏這些話出自於一個十四歲少年之口，這若不算通讀，誰還敢稱之為通讀《詩》、《論》？

其實，放在後世那種文化爆炸，貓狗都敢跑到電視上大放厥詞的時代，曹朋這番言語並無出奇之處。警校畢業時，曹朋在書攤上買了南懷瑾先生的《論語別裁》，開始只是讀著有趣，後來發現每一次讀罷便會有一點感悟。為此，他翻爛了三本《論語別裁》，對裡面的內容印象深刻。

東漢末年，書籍並不發達，許多人讀書，靠的是拓本。很多人可能是讀了《詩》，卻看不到

《論》，學過了《春秋》，卻不知從何處找《尚書》。曹朋在談《論》的時候，可以引經據典的說出一些《春秋》、《尚書》的內容，但濮陽闓卻沒有這樣的條件。

與其說他是被曹朋的論點所擊敗，倒不如說，他輸給了一個知識爆炸時代的重生者……

曹朋無法體會，他剛要開口喊住濮陽闓，卻被一隻蒼白的大手攔住。

「姐夫？哦，鄧海西。」

「呸，學得哪門子毛病？」曹朋對他改換了稱呼，讓他感覺很不適應。鄧稷有點臉發燙，惡狠狠的說道。

「濮陽先生說，需循禮法。」

鄧稷露出苦澀笑容，揉了揉曹朋的腦袋，輕聲道：「阿福，你不需要聽他人言語，做自己就好。」

曹朋今天能說出這些話來，已經有了和那些名士叫板的資本。這就是實力！你沒實力，就叫不知禮法，肆意妄為；你有實力，那就是清俊通脫，風流自賞，乃真性情……

至少鄧稷這一會兒，可不敢自詡什麼『鄧海西』。從別人嘴巴裡說出來還好，從曹朋口中出來，鄧稷覺得臉發燙！

第十一章 馬賊胡班

曹朋躺在榻上，耳邊迴響著王買近乎轟鳴的呼嚕聲。

他睡不著，不過不是因為王買，而是因為他和濮陽闓剛才的那一番話。隱隱約約，他似乎捕捉到了一些東西，但一時間又有些想不太明白。自己剛才那番話，究竟蘊含著怎樣的魔力？

曹朋也不是傻子，如何能看不出濮陽闓和鄧稷的失落。

曹朋自己並沒有意識到，他那些言論，會對這個時代的儒者產生怎樣的影響。一直以來，他並沒有太多穿越者的優越感。事實上，除了一身武藝，就剩下對於這個時代的先知先覺。

隨著他知道的東西一件件流出，他的優勢，也在一點點消失。

這一點，曹朋非常清楚。所以他才會迫不及待的想要把鄧稷和曹汲推到檯面上去，將來當他的優勢完全消失，至少也能有一個屏障。除此之外，就是勤練武藝。等優勢沒有了，他這一身武藝，至少能自保。但現在，他似乎找到了另外一條道路……

著書！

曹朋終於意識到了自己的另一個優勢。

在資訊極度爆炸的時代，書籍已變得極為普通。也許，可以在這方面下一些功夫？

畢竟前世看了那麼多書，雖說記不得太多，卻總有能用的東西。比如《論語》！後世不是說，半部《論語》治天下嗎？由此可見這《論語》的重要性……如果，如果能創出一個流派，也許對日後會有更大的作用。

曹朋越想，越覺得興奮，呼的從床榻上坐起來，整個人也隨之變得格外亢奮。

不過，說是這麼說，要操作起來，卻沒那麼容易。且不說曹朋能不能回憶起《論語別裁》的全部內容，就算回憶出來，又該用什麼樣的方式來表達呢？東漢時期的漢語言，和後世的語言截然不同。特別是建安文風即將興起的時代，文字的風骨就顯得格外重要……

曹朋識字，卻不代表他能夠把那些文字組合出一種風骨來，那需要太高的文學修養……曹朋很清楚自己的水平，想寫出讓別人信服，並且還要有極強的個人色彩，以及所謂的建安風骨來……如今顯然是不太可能。這不是妄自菲薄，而是清醒的認識自己。
在經歷了短暫的興奮之後，曹朋旋即又冷靜下來。
想法是美好的，現實卻是殘酷的……看起來，自己要學的、要做的，還有很多很多。至少眼下他還沒有那個能力，著一部能讓天下人信服的文章。也許，這個想法還要延後一下。
可恨，這次出來，居然沒有把龐德公送他的那部《論》帶出來。此去海西，不知會停留多久，也可以藉此機會，好好的研讀一番。
當曹朋坐在房間裡唉聲歎氣的時候，忽聞屋外傳來一聲厲喝。
「什麼人？」
聽聲音，好像是周倉。他和夏侯蘭是輪值，想必夏侯蘭這時候和他換了崗。
曹朋忙抓起衣服，就往屋外衝去。還沒等他衝出房間，就聽到高陽亭的庭院中，傳來一連串金鐵交鳴聲，不時還伴隨有戰馬的嘶鳴，人聲鼎沸，顯得格外混亂。曹朋一驚，立刻抄起長刀。
「阿福，出了什麼事？」
王買和鄧範也被驚醒了！
「虎頭哥、五哥，外面好像有動靜，你們立刻保護我姐夫，還有濮陽先生。」

「好！」

這個時候，王買和鄧範絕對是以曹朋馬首是瞻。兩人從床榻上跳下來，抄起兵器往屋外走。

王買趕去保護鄧稷，鄧範則負責保護濮陽闓。

曹朋從迴廊衝了出來，抬頭看去。周倉正和幾個壯漢糾纏在一處，值守的幾名護衛也都被人纏住，一時間脫不開身。四、五個男人正從馬廄裡牽馬出來，往高陽亭外跑。

偷馬賊？曹朋腦海中，立刻閃現過這樣一個念頭。

曹朋二話不說，拖刀飛奔，口中大喝一聲：「偷馬賊，休走！」

一個青年偷馬賊扭頭看，連忙大聲喊道：「攔住那小孩！」

兩個偷馬賊立刻衝了上來，手裡面還拿著簡陋的武器！一個是拎著木棒，另一個則扛著一支耙子，兩人一左一右攔住了曹朋。也不和曹朋廢話，二人揮舞手中的兵器，向曹朋砸下來。

曹朋原本是在急速的奔跑，眼見對方阻攔，也不慌亂。就見他腳下步伐錯動變向，便躲開了對方的攻擊。與此同時，手中長刀鏘的出鞘，一抹寒光劃過，喀嚓就將對方的木棒砍成了兩半。同時身形好像泥鰍般的一擰，躲過了砸落下來的耙子，搶身便破開對手的中宮門戶。

也不見曹朋有任何多餘的動作，身體好像擰麻花似地滴溜溜一轉，一隻腳就落在了對方的腳後。那隻腳落地的一剎那，有一個非常明顯的頓足動作。也就是這一頓……

曹朋的胯骨好像扭曲一樣甩出，砰的把那偷馬賊撞飛了出去。

這一撞，蘊含著一股非常奇怪的力量。那麼狹小的空間，按道理說是不可能使出多大的力量來，可是偷馬賊好像是被一隻無形巨手拍中，一下子飛出去四、五米遠。

砰的一聲，摔在了地上，一口鮮血噴出，整個人好像癱倒了似的，趴在地上一動也不動……

「小五！」手持兩截木棒的偷馬賊，嘶聲喊叫。

扭過頭，看著曹朋吼道：「小畜生，我和你拚了！」

「小畜生罵誰？」

「小畜生罵你……」

曹朋哈哈大笑，「沒錯，爾不過一畜生罷了。」

「小三，別戀戰，快走！」青年在後面叫喊起來。

不等他聲音落下，就聽一個低沉的聲音在耳邊響起。

「狗賊，擾了你二爺的清夢，哪容你這麼走掉？」

兩聲慘叫傳來，等青年回過頭時，就看見兩個牽馬的同伴，已倒在了門階下。

一個，是被打斷了胳膊；另一個則被打斷了腿。斷了胳膊的同伴，看上去非常淒慘，臂骨從手肘出破皮而出，血淋淋，顯得格外恐怖。如此猛厲之人，正是虎癡之子許儀！

門階上，一個雄壯的少年正陰沉著臉。他個頭和青年差不多高，面皮呈古銅色，頭髮披散，身穿一件短襟襜褕，手中拎著一口明晃晃的鋼刀。

「點子扎手，風緊扯呼！」青年見勢不妙，大叫一聲提醒同伴。

不過不用等他提醒，他帶來的那些個同伴，除了正在和周倉鏖戰的馬賊之外，餘者無一人站立，全都躺在了地上。

身後，曹朋不慌不忙，閃過馬賊的雙棍，猛然搶入對方懷中。左腳一蹚，右腳一蹬，一隻手猛然發出一記衝拳，蓬的將對方打翻在地。

曹朋這一拳看上去力量並不大，卻蘊含著極為強橫的爆發力。馬賊看上去比曹朋高、比曹朋結實。卻被他一拳打斷了肋骨，躺在地上慘叫連連。

「你可以選我，也可以選他……」曹朋衝著青年偷馬賊笑呵呵的說道。

青年的臉色，頓時變得格外難看：「我和你，拚了！」

那青年扔掉馬轀繩，衝著曹朋就要動手。

就在這時一個白髮老翁走了出來，衝著青年大喊一聲，「小班，果然是你這孽子在生事！」

高陽亭的戰鬥，幾近尾聲。

周倉眼看著其他人都已經停手，唯有他還沒有解決戰鬥，不由得心中暗自焦急。

別看周倉莽，心思卻很縝密。說起來他對曹家可是下了番功夫。鄧稷在汝南斬殺成堯，而後在虎賁軍中出任參軍一職，又和郭嘉往來密切；曹汲精研技藝，造刀之術出神入化，早晚會得重用。而令周倉下定決心的，莫過於曹朋在牢獄之中和曹真等人結拜金蘭，成就小八義之名……

這一家人都不簡單，而曹朋的未來，同樣光明。周倉覺得，自己在曹府待著，可能機會更多。果不其然，曹汲出任監令，鄧稷也拜為一縣之長。這使得周倉信心更足！他知道，只要跟緊曹家的腳步，日後必然能飛黃騰達。

可是現在，一個小小的偷馬賊，他居然都不能解決。

而周圍的人，都已經解決了戰鬥，甚至連曹朋都幹掉了兩個。這又讓周倉，情何以堪呢？

「夏侯，休得插手。」眼角餘光看到夏侯蘭手持丈二銀槍，正向他靠攏。周倉頓時大急，連忙一聲虎吼，制止了夏侯蘭的行動。

其實，周倉也算倒楣。那麼多的偷馬賊，偏偏被他選中了一個身手最好的。對方的武藝，略遜色周倉一籌，可是相差並不多。而且從臨戰的狀況來看，這偷馬賊身經百戰，經驗豐富。

周倉身形猛然向後一退，卻又在撤步的一剎那，另一隻腳向前蓬的邁出一大步。頓足剎那，腰胯用力。

畢竟是易筋水準的高手，一退一進，從容不迫。掌中一口寬背砍刀，刀隨身走，極為詭異的撩斬而出。那對手猝不及防，險些被周倉擊中。加之只剩下他一個人，雖說拳腳身手不亂，可心裡還是有些慌張。這一慌張，就露出了破綻。

周倉等這一刻，等了許久！抖丹田，猛然間爆發出一聲巨吼，寬背砍刀以雷霆之勢劈出，刀勢將那偷馬賊完全籠罩。

偷馬賊有心後退躲閃，卻不想夏侯蘭就站在他身後，在周倉出刀的剎那，抬腳邁出一小步。

別小看這一小步。

經過半載修煉，夏侯蘭沉下心，武藝大進，特別是觀看曹朋等人練武，加之後來曹朋與王買等人講解拳腳道理的時候，夏侯蘭也在一旁聆聽。

若論武藝，十個曹朋恐怕也比不上童淵的一根手指頭。但如說講解拳腳道理，曹朋卻比童淵厲害十倍。他往往會用淺顯易懂的方式來教授王買和鄧範，夏侯蘭在一旁聆聽，同樣收穫不淺。

半年時間，連夏侯蘭自己都想不到，他居然不知不覺的進入易筋水準，氣力大增，武藝暴漲。所以，他邁出的一小步，足以讓偷馬賊心驚肉跳。

同時面對兩個易筋高手，偷馬賊就算再有勇氣也會感到恐懼。他心神一亂，頓時破綻百出。原本周倉這一刀並無出奇之處，完全是靠著一股強悍氣勢，如果在平常，偷馬賊可以輕鬆閃躲。但此時……

只聽鐺一聲響，緊跟著偷馬賊慘叫一聲，被周倉斜刀劈成了兩半。

剎那間，高陽亭內鴉雀無聲。一眾偷馬賊都閉上了嘴巴，即便是再痛，此刻也不敢再出聲。

這幫傢伙，顯然不是普通的過路客商。

白髮老翁拄著竹杖，走到了青年偷馬賊的身前：「你這個孽子，平時偷雞摸狗也就罷了，如今竟敢偷馬……我打死你，我打死你這不孝子！」竹杖劈頭蓋臉，向那青年打去。

曹朋站在一旁，也沒有出面阻攔。

這時候，鄧稷和濮陽闓在王買、鄧範的保護下，也走了出來。

一看這情況，兩人頓時大叫後悔，平白錯過了一個演練身手的好機會。

老翁把那青年打得鼻青臉腫，而後丟下竹杖，踉蹌著跑到鄧稷等人跟前，撲通一聲跪下來，

「大人，還請原諒小兒則個，他只是，他只是不知道輕重，被壞人蒙了心神。」

「老人家，快快請起。」鄧稷連忙讓王買過去攙扶老人。

這老人是高陽亭亭長。雖說年邁，可他心裡清楚得很，鄧稷這些人可不是普通的商人，而是朝廷官員。換句話說，他們的馬，那叫官馬。依照漢律，竊官馬者黥面，而後輸作邊戎苦役。老人也看得出，鄧稷是這幫人的頭兒，所以跪下痛哭失聲。

「這個……」鄧稷有些猶豫。

他修刑名，性子難免古板些。只是這老人白髮蒼蒼，已過六旬，還在這小小的高陽亭任職。按道理說，既然是亭長，他手底下也應有雜役，可看高陽亭這殘破模樣，估計都是他一人代勞。

「鄧海西，且慢！」曹朋突然站出來。

老人淚眼朦朧，向曹朋看去。他有點不明白，這看上去眉目清秀的少年，為何要出來阻止？

「阿福，怎麼了？」

「偷竊官馬，此乃大罪。鄧海西即將赴任，難道要置漢律於兒戲不成？你執掌律法，當知執法必嚴，違法必究的道理。俗話說，可憐之人必有可恨之處，你今日心軟，放過此獠，可知曉，此獠會造成多大的禍事？你一時心軟，必然給高陽亭百姓帶來無窮後患。」

鄧稷心裡一動，不由得輕輕點頭。

濮陽闓的臉上浮現出一抹柔和笑意，但從始至終，也未開口。

「我兒從未做過傷天害理之事……小公子，你大人大量，還請高抬貴手。」

「沒有做過傷天害理之事？」曹朋突然冷笑，「一個能糾集十餘人相隨偷馬的人，敢說沒做過傷天害理之事？其他人且不去說，我敢說那個死鬼，生前定殺過許多人，犯過許多事。」

「啊？」高陽亭亭長不由得大吃一驚。

周倉朝鄧稷道：「公子，這傢伙身手不俗，而且進退得法……出招狠辣，絲毫沒有半點拖泥帶水。若非殺過人，絕不可能是這種情況。如果不是今天咱占了上風，他也未必敗得這麼快。放在平時，我想取勝，至少要三十招以上。小公子所言不差，這傢伙絕對不是普通人。」

鄧稷這時候，也不禁重視起來，「老人家，你先起來，此事待我問個清楚。」

高陽亭亭長顫巍巍起身，指著那青年偷馬賊的鼻子破口大罵：「你這孽子，又從何處勾連了這等賊人？」

「老人家，你先看看，這個人是否是本地人。」曹朋說著話，朝王買使了個眼色。

王買點了點頭，扶著那老人向屍體走去。

曹朋則看著青年偷馬賊，目光灼灼，一言不發。

青年有點心虛了，連忙低下了頭……

「回小公子，這個人絕不是本地人！」高陽亭亭長驗過屍體，大聲回答。

鄧稷聞聽，眉頭不由得一蹙。他在鄧範的陪同下，走了過去。而曹朋則站在原地，目光凌厲的掃過這庭院中的賊人。他發現，有幾個偷馬賊，表情有些慌張。

「老人家，你再辨認一下，這些人裡，哪些是本地人，哪些是生面孔？」

高陽亭亭長這時候一心想要把兒子解救出來，曹朋說什麼，他就做什麼。當了一輩子小吏，迎來送往了一輩子，他這點眼力還是有的。別看曹朋年紀最小，在這一群人當中，似乎地位最高。高陽亭亭長甚至產生了一種錯覺，曹朋是哪個世家大族的子弟，餘者都是隨從。

他顫巍巍向前走，那幾個偷馬賊，明顯緊張起來。

「這是鄰村的小五……他是王二狗……你……」

高陽亭亭長一個一個的辨認，走到一個偷馬賊的跟前時，他舉著火把，剛想要湊過去辨認，突然間那偷馬賊長身暴起，朝著高陽亭亭長就撲過來。高陽亭亭長嚇了一跳，差點就摔坐地上。

「九哥，那是我爹！」青年偷馬賊驚呼起來。

驚呼聲，伴隨著一聲暴喝，在庭院上空迴響。

偷馬賊躍出，想要動手，可身形還在空中，胸口卻突然一涼。一杆丈二銀槍，透胸而出。

偷馬賊驚恐的看著胸口滴血的槍頭，眼睛瞪得溜圓。

夏侯蘭冷聲道：「哪個再敢亂動，格殺勿論！」

話音未落，一干隨從唰的抽出了鋼刀，一個盯一個，鋼刀架在那些偷馬賊的脖子上。

許儀上前想要收拾青年偷馬賊，卻被曹朋攔住。

「虎頭哥，扶老人家後退。」曹朋喊了一聲，而後慢慢走到了青年偷馬賊的身旁，微微一笑，「算你還有點良心，否則你這會兒，一定人頭落地。」

曹朋比那青年低了半個頭。可是說話間流露出的那種冷酷，卻讓青年激靈靈打了個寒顫。

「二哥，把這個，這個，還有最邊上的幾個賊人拉出去，砍了吧！」

「啊？」許儀一怔，向曹朋看去。

曹朋卻笑著對青年說：「怎樣，我指的可有錯誤？」

刑警的本能讓曹朋對偷馬賊的表情一直很關注。那幾個偷馬賊的樣子，和其他人明顯不同。青年臉上，露出驚駭之色，而鄧稷則好奇的看著曹朋，顯得有些古怪。

許儀嘿嘿一笑，一擺手，自有許家的隨從，拖著那幾個偷馬賊就往外走。

「你們，怎可殺人？」

「漢刑律，竊取官馬者，黥面，流三千里，輸作邊戎。若嚴重者，可就地斬殺，呈報大理。」鄧稷突然開口，「至於怎樣才算嚴重，大杜律言，未經允許，私自接觸官馬，即為嚴重；但是以小杜律，竊三匹以上，方為嚴重。爾等竊取本官坐騎，究竟是依照大杜律，還是應該用小杜律呢？」

一旁高陽亭亭長立刻喊道：「小杜律，自當以小杜律為准。」

「那就要看，令郎配合與否。」

「你這孽子，公子問你什麼，你就回答什麼！」

高陽亭亭長大聲吼叫，同時，從庭院外傳來一連串的慘叫聲。

腳步聲傳來，許家的隨從拎著三顆血淋淋的人頭走進了庭院。一眾偷馬賊，頓時臉色蒼白。

平時偷雞摸狗還行，哪裡又見過如此慘烈的局面？

曹朋看著青年，「你，姓名！」

「他叫做……」

「老人家，我在問他，你若多嘴，休怪我無禮。」曹朋猛然回頭，眼睛一瞪。

高陽亭亭長立刻閉上了嘴巴。

「小人，小人名叫胡班。」

曹朋猛然想起，胡班這個名字好像在《三國演義》裡出現過。記得是關二哥千里走單騎，過五關斬六將時，有這麼一個人。不過，《演義》裡的胡班似乎是官宦子弟，還是為曹軍的將領。

「老人家，你叫什麼？」

「小老兒，小老兒名叫胡華……公子，小老兒可沒有從賊，自三十七歲出任亭長，至今已有二十餘載。哪怕是太平賊鬧事的時候，小老兒也沒有……您若是不信，可以向周圍人打聽。」

鄧稷低聲問道：「阿福，有什麼問題嗎？」

曹朋撓撓頭，連忙安慰說：「老人家，你莫誤會，我只是隨便問問。」

《三國演義》裡的胡華，可是桓帝時的議郎！不過，估計也就是個巧合，因為《三國演義》中過五關斬六將，好像不是在陳留發生。

胡華則是嚇得一頭冷汗。

「年齡！」

「小人今年二十二。」

「祖籍。」

「本地……哦，應該算圉縣。」

曹朋問道：「那個死鬼，什麼來歷？」

「這個……」胡班嚥了口唾沫，突然撲通跪在地上，「公子，非小人不肯回答，實在是……如果我等回答了，只怕性命難保。」

「呃？」曹朋不由得一怔，扭頭向鄧稷看去。

鄧稷則露出凝重之色，走到濮陽闓身邊，兩人低聲交談。

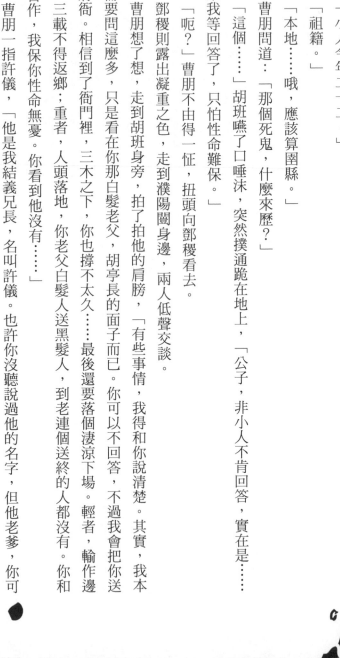

曹朋想了想，走到胡班身旁，拍了拍他的肩膀，「有些事情，我得和你說清楚。其實，我本不需要問這麼多，只是看在你那白髮老父，胡亭長的面子而已。你可以不回答，不過我會把你送去府衙。相信到了衙門裡，三木之下，你也撐不太久……最後還要落個淒涼下場。輕者，輸作邊戎，三載不得返鄉；重者，人頭落地，你老父白髮人送黑髮人，到老連個送終的人都沒有。你和我合作，我保你性命無憂。你看到他沒有……」

曹朋一指許儀，「他是我結義兄長，名叫許儀。也許你沒聽說過他的名字，但他老爹，你可能聽說過。乃當朝司空軍中，武威校尉許褚許仲康；我還有個三哥，這會兒不在這邊……說起來，你可能對我三哥更熟悉。因為他就是陳留人，家就在陳留，距離這邊也不算遠。他的老爹，便是當朝虎賁中郎將，典韋典君明。你老老實實的配合，我保證你萬事無憂。有一句，你仔細想清楚：坦白從寬，抗拒從嚴！」

胡班聞聽，頓時被嚇住了。

想當年，典韋為好友報仇，孤身闖入襄邑，殺得血流成河。十載過去，典韋如今更聲名顯赫，幾乎陳留人都聽說過典韋的名號。

鄧稷回頭，不禁啞然失笑，「這阿福，滿口的新鮮玩意兒。」

濮陽闓則輕輕頷首：「他說的也不算錯，坦白從寬，抗拒從嚴……這八個字，似乎正合小杜律的精髓。」

他並非修習刑名，但也略知一二。小杜律量刑更注重情理和律法的結合，而非似大杜律一味求嚴。如按照大杜律，你犯罪就是犯罪，沒有什麼人情可講。而小杜律相對柔和，更具人情味。

曹朋說罷這一番話，便扭頭離開。他走到許儀身旁，輕聲道：「二哥，看起來事情有些複雜。」

許儀點點頭，「你打算如何？」

「聽胡班的口氣，這件事估計小不了。所以最好還是和這邊的府衙聯絡一下……對了，夏侯將軍好像就駐紮陳留吧。」

「你是說妙才將軍？」許儀回答說：「他是陳留太守，自然駐紮陳留。不過，陳留距離這邊好像有點遠……一來一回，至少也得一天時間，咱們的行程可就要被耽擱。」

「看情況再說。」

這時候，鄧稷走到胡班跟前，「胡班，本官再問你一次。你可以選擇不回答，我就立刻送你見官。如果你回答了，我也不是不能網開一面，甚至包括你這些鄉親，我也能為之疏通。答與不答，你自己選擇！」

「他叫雷成！」胡班毫不猶豫，立刻喊道：「他族兄名叫雷緒，手下有三百人，藏身鹿台崗。」

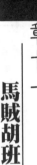

章十二　陳登？薛州？

曹朋敏銳覺察到，周倉的臉色似乎微微一變。

那是一種驚異之色，雖然一閃即逝，卻被曹朋發現。本能的，曹朋立刻就意識到了什麼……

「這雷緒，和你們盜馬有何關聯？」鄧稷沉聲問道。

胡班猶豫了一下，輕聲道：「雷緒原不是本地人，大概是在去年來到這裡。小人一開始也不認識他，只因為一次偶然機會，小人和他們發生了衝突，這才結識了雷緒。雷緒的身手很好，小人根本就不是他的對手……但他並沒有為難小人，而且為人也非常豪爽。小人漸漸的和他成為朋友，時常幫他打聽些消息。雷緒也很少率眾劫道，襲擾這周遭的相鄰，所以……」

「大約去歲末，雷緒突然問小人，能不能搞來馬匹。小人也不清楚是怎麼回事，便告訴雷緒，說我爹是高陽亭亭長，經常會有人騎馬路過或借宿亭驛。雷緒就說，讓我幫他搞些馬，並承諾小人每給他搞一匹馬，他就會給小人一貫大錢。」

「小人平時遊手好閒，眼看著父親一日日老去，卻還要勞作，自己連處田地都沒有。小人雖然不肖，卻也不是個不孝子。所以就動了心思，應承了此事。不過我最初也沒有去偷馬，只是亭驛來了騎馬的客商，就會設法告訴雷緒……後來膽子越來越大，就和幾個平日要好的兄弟聯手，在途中設陷阱劫馬。原本一切都很正常，可沒想到，雷緒前些時候突然找到小人，說是讓小人盡快幫他搞五十匹馬。還說，如果能搞來的話，就給我五百貫錢。」

鄧稷心裡一動，看了一眼濮陽闓。

濮陽闓也露出沉思之色，上前一步說：「叔孫，這裡面似乎有些不太正常。」

鄧稷點點頭，繼續問道：「那後來如何？」

胡班一臉苦色，「小人也是鬼迷了心竅，一想有五百貫，足夠我和我爹花銷，還能討個媳婦，讓我爹寬心，所以就答應下來。可是這半年來，由於過往客商連遭劫掠，比從前變得少了。即便是有客人路過，也都是帶著大隊扈從……小人就算膽子再大，也不敢跑去送死……」

「原本，小人想找雷緒推了此事。哪知雷緒卻變了臉，說如果小人不盡快解決，就會去官府掀了小人的底，還會連累老爹。小人也是騎虎難下，無法推託。這日子越來越近，雷緒催的越來越緊，傍晚時，小人見幾位大人住進了亭驛，便動了歪心思，把消息傳遞給了雷緒，雷緒就派了他族弟雷成過來，幫著小人偷馬。原以為大人們趕了一天的路，都歇息了……可沒想到，才一動手就被發現。」

「我打死你這畜生！」胡華聞聽暴怒，拎著竹杖就要衝過來暴打胡班。

對於一個老實巴交，幹了一輩子亭長的人來說，胡班的所作所為令胡華無比痛心。

胡班跪在地上，一動都不敢動。那拇指粗細的竹杖抽在他的身上，留下一道道血痕。

「老丈，老丈息怒！」

鄧稷眼看著胡班要被打死了，連忙出面阻攔。

「濮陽先生，你怎麼看？」

濮陽闓露出沉吟之色，開口問道：「胡班，你前後為這雷緒，弄了多少馬匹？」

「前前後後，差不多二十多匹。」胡班可憐兮兮的回答道：「如今這時局不太穩，單身的客人本就不多。最初倒是有幾批大宗的客人，我只是通風報信，並不清楚雷緒是否下手。不過小人去過鹿台崗，雷緒手底下，應該有百十匹馬，想必是動過手，否則他也不會得來這許多馬匹。」

「那你可知道，雷緒要這麼多馬做什麼？」

馬匹對於中原而言，非常珍貴，似周倉當年落草土復山，手底下也就幾十匹馬而已。雷緒突然間要那麼多馬匹，一定是有所圖謀。否則的話，他這樣做很容易就引起官府注意。

胡班說：「這個小人真不知道。」

「事到如今，你還不老實，你說不說，說不說！」胡華衝過去，舉起竹杖又要打。

胡班抱著胡華的腿哭喊道：「爹啊，我是真不知道。我只是想讓您過的好一點，沒想那麼多啊。」

「大頭！」鄧稷突然道：「你和夏侯將軍可熟悉？」

許儀點點頭說：「夏侯叔父與家父頗有交情，我曾與他見過幾次。」

「你連夜動身，前往陳留，把這裡的事情通稟給夏侯將軍……就說，那雷緒是一股悍匪。」

「喏！」

許儀連忙往屋裡走，不一會兒的工夫，便穿戴整齊。他帶上兩個隨從，和曹朋交代了一下，把剩下的隨從就交給曹朋指揮，然後便趁著夜色，匆匆離去。

「濮陽先生，這些人怎麼辦？」

濮陽闓看了胡班等人一眼，歎了口氣，對胡華道：「胡華，這附近可有會治傷的先生？」

「呃……有！」

「阿福，派兩個人，騎馬帶著胡華，把先生接過來。」

曹朋答應一聲，便把事情託付給了鄧範。

鄧範叫上兩名隨從，帶著胡華離去。看著滿院子的傷號，曹朋也歎了一口氣。即便胡班老實交代，可是依小杜律，這傢伙也少不得挨上一刀。想到這裡，曹朋搖搖頭，轉身想找周倉。

殊不知，胡班一直留意著，他見曹朋搖頭，立刻心知不妙。

「小公子，小公子留步。」胡班跪行數步，連聲呼喊。

曹朋停下來，向胡班看了過去。

「小公子，小人剛才想起來一件事。兩個月前，我給雷緒送馬，那天雷緒的興致看上去很好，還把小人和小五都留下來吃酒。」

曹朋記得，那個使耙子的青年，好像就叫小五。

小五這個時候，也清醒了不少，被曹朋撞出了內傷，使得他臉色看上去，沒有半點血色。

見曹朋向他看來，小五連連點頭：「確有此事，小人可以證明。」

曹朋又看向胡班，「你接著說。」

「吃酒的時候，雷緒曾向小人打聽雍丘的狀況。還問我，雍丘有什麼富戶，平日裡守衛如何之類的問題。小公子也知道，小人平時是個閒漢，到處遊蕩，雍丘也好，圉縣也罷，小人都挺熟悉，所以小人就把知道的情況，一五一十告訴了雷緒，為此雷緒還賞了小人一貫錢。」

曹朋抬起頭，凝視鄧稷。

鄧稷則上前問道：「那雷緒近來可有什麼異常動靜？」

「回大人的話，小人只是幫雷緒做事，拿錢……其實對他並不是特別瞭解，所以沒有留意。」

「你好好想想，想清楚。雷緒那些人，可說過什麼奇怪的話，抑或者有什麼奇怪的行為？」

胡班皺著眉，半晌後搖了搖頭。

「大人，小人倒是知道一件事。」小五突然插嘴。

「說！」

「大概在十天前，雷成曾下山，找胡班大哥吃酒。那天胡班大哥正好不在，小人就陪著雷成……他當時吃多了酒，對小人說，陳留人太窮，著實沒什麼油水。還說小人留在這裡，沒得前程。小人也就是藉著酒勁兒問他，哪裡有前程？雷成說了些個人名，不過由於小人也吃多了，所以也記不住太多。只依稀記得，什麼魯美，什麼成，還有個叫做薛州。」

「薛州？」

鄧稷和周倉，幾乎是同時驚呼出聲。

曹朋疑惑的看著二人，「薛州怎麼了？」

「薛州，就是廣陵最大的一支盜賊首領。」

「啊？」曹朋大吃一驚，「薛州，是廣陵賊嗎？」

周倉這時候開口道：「薛州原本是青州渠帥，我曾聽說過他的名號。不過，他這人做事不好張揚，所以名聲並不太顯。太平道失敗之後，何儀何曼兄弟漸漸取代了薛州，許多人都以為他死了。可是，何儀何曼被曹公斬殺，其部被併為青州兵，沒想到這薛州，卻還活著。」

「薛州，是太平道？」曹朋驚訝的看著周倉，「周叔，那你也知道雷緒？」

「……嗯！」

「他是什麼人？難道也是太平道？」

周倉搔搔頭，苦笑一聲，「公子還真就說對了……雷緒原本是波才帳下小帥，為人非常狡猾。那波才，當初也是張曼成帳下的悍將，後來在穎川被皇甫嵩所殺，雷緒便下落不明。」

曹朋看看鄧稷，又看了看濮陽闓，三人不由得都露出了苦澀笑容。

怎麼辦？

三人的腦海中，同時浮現出了這樣一個問題。

鄧稷知道海西混亂，並且在荀彧給他的那些卷宗裡，反覆提到了一個名叫薛州的悍匪。最初，鄧稷還以為這個薛州不過是一個普通的盜匪，了不起實力強橫一些。可他既然經歷過太平之亂，而且還是一方渠帥，這個人怕是不簡單。

而濮陽闓則考慮的更多。

廣陵郡，那是廣陵陳氏的地盤。薛州在廣陵肆虐縱橫，甚至還要招兵買馬。這說明，薛州在廣陵郡根基不淺。徐州人，有著極為強烈的排外意識，而薛州不僅僅是外地人，還是個反賊……如果薛州背後沒有靠山，恐怕不可能在廣陵站穩腳跟。

可是廣陵郡，又有誰能讓陳氏低頭？連呂布那等虓虎，手握精兵悍將，也要對陳氏尊敬無比。這個答案，可就要呼之欲出了！

難不成，此去海西，鄧稷的對手就是陳登？

濮陽闓不免有些忐忑！一個外來的縣令，一個本地的豪族太守，這實力差距，未免也太大了吧。

想到這裡，濮陽闓突然間下意識的看了曹朋一眼。

原以為，曹朋會露出緊張之色，可濮陽闓卻發現，曹朋看上去顯得非常平靜。

難不成老夫真的老了？居然連一個小娃娃，都比不得嗎？

仁之所至，義所當然！罷了罷了，食君之祿，忠君之事。我既然答應了荀文若，那就陪著鄧叔孫走這一遭刀山火海。

想到這裡，濮陽闓旋即露出坦然之色。

曹朋可不知道，在這電光石火間，濮陽闓已是千迴百轉。

「雷緒的事情，怎麼辦？」鄧稷突然問道。

按道理說，這和他並無任何干係。他是海西令，又不是園長，也不是雍丘令，雷緒就算是造反，也輪不到鄧稷來出面。可問題是，既然已經碰到了，鄧稷現在想要脫身，也不容易。

曹朋看出了鄧稷的心思，輕聲道：「姐夫，咱們如果這時候抽身出去，胡班、小五……甚至包括胡華在內，都難以倖免。剛才咱們可是答應了，要幫他們疏通。做人，需言而有信。」

濮陽闓不禁讚賞的看著曹朋，臉上的曲線隨之變得更加柔和，「叔孫，友學說得不差。」

「那怎麼幫他們脫身？」

就在這時，鄧範和胡華帶著一個大夫趕來。

那大夫看上去衣著凌亂，臉上還帶有幾分倦意，顯然是在睡夢中被胡華給叫醒。不過，從他表情看，好像並沒有什麼不滿。從某種程度上，這也說明胡華在本地挺有威望……

「老丈，煩勞你在這裡招呼一下，治療傷者。」

「這是小老兒的本分。」

「胡班，你隨我們來。」

曹朋拉著鄧稷和濮陽闓，往房間行去。胡班在他們身後，忐忑不安的跟隨……

「老丈，你只管放心，阿福是個好人，一定會幫你父子。」鄧範見胡華很緊張，於是輕聲勸慰。

「這孽子……罪有應得！」胡華嘴上咒罵，還是有些擔心的張望過去。

就見曹朋等人走到迴廊下，衝胡班說：「在這裡等著，叫你的時候，你再進來，否則休得亂動。」

「喏！」胡班顫巍巍，躬身答應。

夏侯蘭和王買在門外守候，周倉則隨著三人一同進屋，然後分別落坐。

「阿福，你怎麼說？」

鄧稷拎起一個盛水的陶罐，給濮陽闓倒了一碗，又給自己倒了一碗，而後一飲而盡。

「夏侯將軍最早明日傍晚就會抵達高陽亭。」曹朋道。

算算時間，也差不多。

「如果雷緒天亮之後等不到胡班他們，一定會有所覺察，對不對？」

「沒錯！」

「那樣一來，就打草驚蛇了……周叔也說過，這個雷緒很狡猾。他能隱藏這麼久，而且神不知鬼不覺，說明他非常警覺。如果被他覺察到不妙，說不定會脫身……他族弟可是死在周叔手裡。若讓雷緒脫了身，那高陽亭必然面臨洗劫的厄運。夏侯將軍不可能把兵馬一直留在高陽亭。他帶兵走了，萬一雷緒殺回來，這邊的父老鄉親豈不就要遭殃？那可就成了咱們的罪過。」

一番話，令鄧稷和濮陽闓連聲稱是。

「那友學可有主意？」

「拖住雷緒！」曹朋說得斬釘截鐵。

「怎麼拖住他？」

「這個，恐怕就要有勞胡班。」

鄧稷一怔，旋即似恍然大悟一般，手指曹朋，「你是說，用間？」

「不錯，就是用間！」

「可這樣一來，胡班可就危險了。」

「如果他不願意冒這個險，那就只有死路一條。」曹朋回答的更加簡單，他站起來說：「胡班現在只有兩條路，一條是九死一生，一條十死無生。他願意冒這個險，那就還有一線生機。如果他不願意……呼！那咱們也就不用再管了。」

鄧稷和濮陽闓相視一眼，不約而同的點了點頭。

「既然如此，把胡班叫進來。利害說清楚，任他自己選擇！」

章十二 悍匪雷緒

胡班幾乎沒有任何猶豫，選擇了配合。

而且，胡班還有那麼一點小心思。出了這件事，估計自己在高陽亭也待不下去了，如果鄧稷他們能收留自己的話，說不定會有機會……胡班牢牢記住了曹朋方才的那些言語，一個能和虎賁中郎將公子結義的人，焉能是等閒之輩？

「胡班，你可要考慮清楚了。」鄧稷面色凝重，「如果你露出了破綻，到時候就會死無葬身之地……可沒有人能夠救你性命。」

「小人知道，不過小人願意試一試。」

「如此，你過來。」鄧稷讓胡班走過去，詳細的對他講述細節。

簡單說，就是要胡班拖住雷緒一天一夜。一天一夜後，無論什麼情況，他都可以自行決斷。

同時，鄧稷和濮陽闓商議了片刻，決定派周倉隨同胡班前往。

「周叔，該交代的都交代了，你還有什麼疑問？」

周倉微微一笑，「沒什麼疑問，只是雷緒會相信嗎？」

「雷緒是否相信，就要看周叔你的本事了！」

「如此，我這就下去準備。」周倉說罷，轉身便走出了房間。

曹朋看著周倉的背影，不免有些擔心：「姐夫，這樣做，周叔會不會太危險呢？」

「如今之計，也唯有這樣，才能拖住雷緒……」

曹朋點點頭，走到鄧稷面前的書案旁，拿起一張圖紙，就著燭光認真的觀閱。

「阿福，要不換個人去？」鄧稷反而有些緊張起來，輕聲勸道：「如果按照安排，應該是萬無一失，你又何必去冒險呢？」

「姐夫，大家都在冒險，我焉能退後。」曹朋說罷，將圖紙收拾妥當，「我會留大熊和二哥手下的人在這裡護衛。我帶夏侯、虎頭哥，還有周叔的那些手下行動。你們要多小心，一旦夏侯將軍派人過來，你們立刻開始行動，我會在山裡等你們的信號，一俟你們行動，我會立刻配合。」

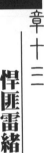

告訴夏侯將軍，見山中火起，你們就可以對雷緒發動攻擊。」

鄧稷想了想，歎了口氣，點頭答應。

曹朋要進山去，繞過鹿台崗，藏身於雷緒的後方。

從內心而言，鄧稷當然不希望曹朋過去。但想一想，自己身體有殘疾，否則應該是他領隊行動。不然，冒險的事情都交給下面人，又怎能振奮士氣？

此次行動，可是相當危險。好在曹朋武藝初成，否則鄧稷是不肯答應。

待曹朋下去準備時，鄧稷對濮陽闓說：「濮陽先生，能否想辦法，不讓阿福去冒險呢？」

「這個……」

「我實在有些擔心啊！」

濮陽闓只能勸慰道：「叔孫，只要一切依照友學的計策，定然不會發生意外。」

「也只有如此了！」鄧稷說罷，仰天一聲長歎。

曹朋在房間裡換了一身裝束，把白色大袍脫下，而後穿上了一身黑色短襟襜褕。外面罩上了一件皮甲，用一根牛皮泡釘大帶繫在腰間。他把所有人的兵器都搜集過來，讓土復山的那些好漢們人手一口鋼刀，而後換上劄甲……之所以讓土復山的人隨行，一來是周倉推薦，二來曹朋也考慮到當初這些人就是山賊，對於山地間的行進和交鋒，應該很熟悉。

反觀許儀的那些手下，雖然個個能打，卻未必是適合這種山野間的戰鬥。

此時，天剛濛濛亮，曹朋帶著人，走出了高陽亭驛。

「阿福，你可要多小心。」

曹朋微微一笑，拱手道：「姐夫，你只管放心。」

說著，他轉身就準備離開……就在這時候，遠處一支人馬，風馳電掣般的衝了過來。

馬上一個黑臉少年一臉驚異之色，大聲喊道：「阿福，你們這是要去哪裡？發生了何事？」

鹿台崗，位於雍丘縣城和高陽亭之間。

鴻溝水在浚儀先分為兩條河道，其中一條名睢水，一路東南，流經陳留、梁國、沛國，至下邳郡，入泗水而進淮河。鹿台崗就位於睢水畔。一邊是滔滔河水，一邊山崗起伏，古樹參天。

時深秋，鹿台崗上古樹的枝葉枯黃，許多都已開始凋零。

胡班和周倉趕著十幾匹馬，沿著平坦舒緩的道路行入山中，左一拐，右一拐，大約近一個時辰，便看到了一個隱秘的山谷。如果沒有人帶路，還真不容易發現這座山谷。山谷中有許多天然的洞窟，胡班兩人才一靠近，便從兩旁的密林中衝出了兩小隊人，攔住了去路。

「胡班，怎麼只有你一個人回來？雷成大哥怎麼沒有看見？」

胡班連忙下馬，連連作揖，「幾位大哥，我有非常重要的事情，需要稟報雷緒大哥知曉。這是我的同鄉族叔，他帶來了非常重要的消息。還請幾位大哥通稟一下，順便把這些馬收好。」

「這樣啊……你們隨我來。」

有一個小頭目模樣的山賊，朝著胡班和周倉招手，其餘眾人則紛紛上前來牽馬。

「周叔，右邊那三個洞窟，就是馬廄。」

胡班一邊走，一邊和認識的山賊打招呼，同時壓低聲音提醒周倉。

「那塊石頭後面，有一個大洞窟，也就是雷緒平時商議事情的地方。他們的幾個頭領，平時都住在那洞窟裡面。您注意到沒有，谷口那棵大樹後面，藏著一個洞窟，裡面有大約十幾個人。即便是有人躲過外面的哨卡摸進來，也休想逃出他們的眼睛……這些人，很機靈。」

周倉面無表情，只是在不經意間，點了點頭。

兩個人一路走過去，便來到了胡班所說的那塊巨石前。

繞過巨石，就看到一個天然的洞穴。黑漆漆，很深……往裡面走，就見洞壁奇石犬牙交錯，給人一種陰森森可怖的感覺。周倉依舊表現的很平靜，似乎根本就沒有感受到那種氣氛。

走了大約兩、三百米，洞中豁然開朗。一個近千平方大小的洞穴，猶如一座大廳，四周牆壁上插著十餘支兒臂粗細的牛油大蠟，火苗子撲簌簌亂竄，照得這大廳裡一派光明。

「雷緒大哥！」胡班一臉燦爛的笑容，快走幾步。

這大廳裡有幾十個人，正中央端坐一個男子，看年紀大約在四十出頭，身材不高，四肢短小，看上去也不算太壯實，站起來還佝僂著腰，宛如一隻大馬猴似地。

他正在喝酒，見胡班進來，眼睛一瞇：「胡班，你回來了？」

這個人，就是雷緒。他放下酒碗，瘦削的臉上，擠出一抹笑容，「事情辦妥了？」

「都辦妥了！」

「他是誰？」雷緒突然指著周倉，厲聲喝問：「我不是告訴過你，不要輕易帶人過來？」

胡班連忙解釋，「雷緒大哥，你可別誤會，這是我一個叔父，在外面飄蕩了十幾年，昨天才回來。如果不是我這叔父幫忙，昨天我們偷馬就得栽跟頭。我這族叔，名叫周倉……」

「周倉？」雷緒一怔，凝神向周倉看去，「你就是周倉？」

「你知道俺？」周倉是關中人，但由於在南陽郡漂泊多年，所以口音已經偏南陽口音。若不仔細聽，還真不容易聽出他的關中腔。

「莫非是當年渠帥王猛帳下的第一猛士，周倉？」

周倉一挺胸膛，頗有些自傲的回答：「正是某家。」

雷緒聽說過周倉的名字，倒也算正常。當年太平道起事時，張曼成對王猛非常看重，還傳授過王猛一套槍法，故而雖然地位懸殊，波才和王猛卻也有過交道。

雷緒是波才的手下，而周倉則是王猛的部曲。

說起來，兩個人原本應該認識，但由於波才是在穎川郡阻擋官軍，而王猛則隨著張曼成攻打宛城，雷緒和周倉都聽說過彼此的名字，卻沒有真正見過面，故而雷緒聽到周倉的名字時，也是非常吃驚。他站起來，繞過石案，上上下下打量周倉好半天，才重又坐了回去。

「久聞周倉之名，今日一見，果然壯士。不過，你怎麼與胡班認識？」

周倉並沒有立刻回答，而是盯著雷緒看了半晌，「你是波才大帥帳下的雷緒，雷子建嗎？」

「呃……」雷緒有些猶豫，不知道該如何回答。

「當年大帥在宛城被秦頡所殺，大軍四處潰敗。我與渠帥在亂軍中失散……為逃命而四處流浪。當時的狀況……唉，我為躲避官軍追殺，從宛城逃到了汝南，又從汝南逃到陳留。一次被盯上，追殺了三天三夜，幸得小班的父親救我，才算能活到了今日……」周倉說得是滴水不漏。

雷緒看著周倉，並沒有打斷他的言語。

「我傷好之後，便四處打聽當年的兄弟，於偶然間，我聽說我家渠帥在襄陽附近又重新起家，我就趕了過去……哪想到，竟不是我家渠帥。劉表入主荊州，便大肆打壓我等。我和一幫兄弟在失利之後，又逃到了土復山落腳。」

「今年五月，劉表那混帳東西偷襲郎陵，還殺了郎陵長。曹操立刻起兵征討，從確山突入南陽郡……你也知道，土復山就在南陽郡，我們遭受牽連，幾乎全軍覆沒。我和一幫兄弟逃出生天，發現南陽已無我立足之地，便想著去黑山，投奔飛燕將軍……聽說，飛燕將軍如今聲勢頗為浩大，手下也有十萬兵馬，我想謀個出路。」

周倉口中的飛燕將軍，是太平道北方大帥張牛角的義子，名叫褚飛燕。後張牛角戰死，褚飛燕便改名張燕，占居黑山，號黑山賊，實力極為強橫，連袁紹都有些顧忌。

雷緒聽周倉說完，臉上的戒備之意漸漸消失。

周倉在土復山的經歷，並沒有多少人知道。不過當初太平道在襄陽附近起事，倒確有其事。

後來曹操進兵南陽郡，征伐湖陽縣，也是大家都知道的事情。

不過，由於曹軍的先鋒是魏延，所以在進兵的時候，故意繞過了土復山，並沒有造成什麼動盪。而且，雷緒一直躲在鹿台崗裡，根本也不可能知道南陽郡發生的狀況。周倉說得是合情合理，也使得雷緒心中疑慮漸漸消散。他看著周倉，半晌之後，突然起身哈哈大笑。

「周兄弟，我正是雷緒雷子建！」

「我就說嘛……」周倉也笑了，「我聽我這侄兒提起你的名字就感覺有點耳熟，果然是你。」

說完，周倉和雷緒哈哈大笑。

之前這洞穴中，瀰漫著一股陰森森的殺氣。胡班表面上似乎很平靜，可心裡面卻撲通撲通的跳不停，心臟好像要從嘴裡跳出來一樣，見雷緒和周倉似乎要把酒言歡，胡班總算是放下了心。

他連忙上前，一臉諛笑道：「雷緒大哥，今日你和我叔父重逢，可是一樁大好事，理應慶賀。」

「是應當慶賀，應當慶賀啊！」雷緒臉上笑容依舊，一邊拉著周倉的手，一邊突然問道：「胡班，雷成呢？他怎麼沒有回來？」

「雷成大哥……」

「哦，這件事，還是讓我來說吧。」周倉打斷了胡班的話，對雷緒道：「兄弟，你可聽說過襄邑衛家？」

「呃，你說的可是那衛茲衛子許一家？」

「正是！」

衛茲，是陳留郡襄邑人。少年時盛德，後舉為孝廉，為車騎將軍何苗征辟，司徒楊彪在家旌命，然衛茲卻沒有應辟。中平六年，董卓作亂。曹操途經陳留，與衛茲相識，衛茲以家財相助，才使曹操得以起事，招兵五千人。初平元年，衛茲隨曹操討伐董卓，在滎陽汴水遭遇董卓大將徐榮攻擊。衛茲血戰一日，終戰敗，為徐榮所殺。

可以說衛茲是第一個跟隨曹操的人，曹操得勢之後，對衛茲後人也是非常善待，並許以他們諸多方便，衛家也隨之在襄邑崛起！

雷緒如今就在陳留郡，又怎可能不曉得衛茲。他奇道：「衛家怎麼了？」

「我在來的路上，聽說衛家準備了一批輜重和馬匹，要送往陳留縣。」

「有這等事？」

「老子在土復山待得正逍遙，卻為曹操所壞，手下的兄弟死傷慘重，只剩下幾十個兄弟。這口氣，老子要是不出，非憋出事情來。我原本打算在途中劫掠衛家這批貨物，沒想到在我這侄兒家裡，遇到了你那兄弟。你兄弟一聽，就說要和我一起行動，所以我們洗劫了高陽亭之後，你那兄弟便帶著人，和我的人去埋伏，準備等衛家的貨物過來時，幹他一下。」

「衛家都有什麼貨物？」

「我聽說有三百套甲冑，還有五十支大刀。另外，還有六十餘匹戰馬……說實話，我的兄弟足以吃下這批貨，但你兄弟卻不依，非要加入。」

雷緒聞聽，陷入了沉思，「老周，衛家的貨物，什麼時候能到手？」

「算時間，不是今晚，就是明天凌晨，會通過高陽亭。」

「你……真的有把握吃掉他們？」

周倉頓時大怒，「雷子建，老子當年在南陽殺得血流成河，手下的兄弟哪個不是身經百戰，從屍山血海中走出來。你居然敢小看我？我告訴你，若非我侄兒懇求，老子就自己做了這樁事情。」

周倉這一怒，周身頓時殺氣凜冽。不經過戰場，體會不出他這種殺氣有何等可怕。

雷緒也站起身來，瞪著周倉。

大廳裡的賊眾，一個個緊張的看著二人，把胡班嚇得手腳發軟。

許久，雷緒突然間仰天大笑起來。

「你這老周，怎這般不識逗呢？我不過是開了一個玩笑而已……」

「哼，我那些兄弟，個個都能以一當十。」

「那是自然，那是自然。」雷緒說著話，上前把周倉按住。

「誰不知道，你老周是出了名的能打……」雷緒說罷，話鋒陡然一轉，「不過這麼多貨物，你打算怎麼處理？陳留郡是曹賊心腹愛將夏侯淵出鎮，若被夏侯淵知道，又豈能善罷甘休？你帶著這麼多東西，著實太過於醒目。想要離開陳留郡，恐怕也不是一樁容易的事情。」

周倉說：「我只是想出一口惡氣，那批貨物，我根本就沒興趣。」

「老周，我和你打個商量……把東西交給我，如何？我也不白要，到時候我不但幫你離開陳留，還送你一副魚鱗甲。呵呵，那可是好東西，是我在東郡的時候，從一個賊將手中搶來。」

魚鱗甲，也是東漢末年極為珍貴的甲冑，普通的將領根本無法裝備。周倉的眼睛不由得瞇了一條縫，盯著雷緒看了好半天。

「早就聽說，你雷子建雁過拔毛，今日一見，果然不假！呵呵，就依你所言，咱們成交。」

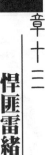

章十四

將計就計

按照胡班畫出的地圖，曹朋神不知鬼不覺沿著睢水逆流而上，在正午時分繞過鹿台崗，從側面悄悄潛入山林。胡班的地圖，畫得還算精細，看得出來，他的確是用心的配合自己。

可即便如此，曹朋等人還是耗費了兩個多時辰，才找到了圖上標注的那個山谷。

時已過了酉時，也就是下午四、五點鐘的光景。隨著寒冬日益臨近，晝夜的時間也隨之變化。天黑的越來越早，亮的是越來越晚，才五點鐘，天就已經開始發昏，發暗……

不過這樣一來，又恰好給曹朋他們多了一道保護。

「阿福，殺進去嗎？」典滿摩拳擦掌，躍躍欲試。

他是在黎明時趕回高陽亭亭驛，正好撞上曹朋要出發離開。遇到這種事，典滿又怎可能輕易放棄？死乞白賴的纏著曹朋，非要和曹朋一起參加行動。

他的理由很充分。

「阿福的身手雖好，但畢竟比不得我。此次又是深入賊人腹地，若沒個有本事的保護，焉能不出事故？我武藝比他好，個頭比他高，身體比他壯！而且，我小時候也是在山裡長大，論走山路，虎頭都比不得我。所以，這麼大的事情，我一定得去，不去就是不行！」

曹朋知道，這傢伙就是想要去湊熱鬧。

昨天晚上那一場拚殺，他沒能夠趕上，心裡正不舒服。

但不得不承認，典滿所言也不是沒有道理。經過幾個月的苦練，典滿的武藝已經處於一個瓶頸。換句話說，他需要實戰！需要不斷的交鋒、不斷的戰鬥，才能夠突破這個瓶頸。

典滿的資質很好，甚至比典韋還要好。他天生神力，而且也不像典韋當年那樣，有了上頓沒下頓，至少從生下來，沒有餓過肚子，這也讓典滿的潛力超過了典韋。

只不過由於典韋的發跡，使得典滿缺少了許多歷練的機會。

鄧稷認為典滿所言極是，也贊成他隨著曹朋一同深入腹地。其實，鄧稷的那點心思曹朋也清楚，還不是害怕自己出事，所以找個強有力的人來保護自己。

連鄧稷也這麼認為，曹朋更無法推託。

「那好，你跟去也可以，不過路上一定要聽從我的指揮。三哥，咱們出發以後，就只有軍紀，沒有兄弟情誼。如果你膽敢擅自行動，可別怪我到時候不給你面子，把你趕回許都去。」

「那是當然，那是當然！」

典滿這次回老家探望，他的伯父典循聽說他要去徐州，有些不太放心，所以給典滿配備了二十名銳士，負責保護典滿。別看典韋是庶民出身，又不是那種兄弟眾多的大家庭，可畢竟如今官拜虎賁中郎將，秩真兩千石的朝廷大員，家裡又豈能沒有私兵護衛？

典家的私兵，大都是當年曹操和呂布鏖戰濮陽，隨典韋一同先登敢死的夥伴。後來或是因傷退出行伍，被典韋收留；或是曹操為獎賞典韋戰功，配給典韋的親隨。典韋老家裡，一共也只有六十個親隨護衛，個個都是身經百戰的老軍。可以說，是看著典滿長大，對典滿的脾氣自然也非常瞭解。

那可是個誰都不認的主兒，當著典韋的面，也敢頂嘴。沒想到，竟然對曹朋言聽計從，老軍們看曹朋的目光，頓時隨之變化……

典滿抽調出十個精於步戰的老軍，湊足了二十個人。再加上曹朋、典滿、夏侯蘭和王買，一共二十四人，離開了高陽亭亭驛。蹲在山崗的叢林深處，曹朋眯著眼睛，向山谷裡觀瞧。

「不行，賊人有三百之眾，而且都是身經百戰的悍匪。咱們就這麼殺進去，一點用處都沒有，反而會打草驚蛇，壞了周叔和胡班的性命。咱們……等！」

「那要等到什麼時候？」

「等到可以出擊的時候。」曹朋說罷，深吸一口氣，將長刀橫在膝上，「大家休息一下，吃點乾糧。咱們養足了精神，才好殺賊……沒有我的命令，任何人不得擅動。」

「喏！」

眾人壓低聲音應命，旋即散開，一個個閉目養神。

不論是土復山的那些人，還是典滿的那些家將，看上去都很輕鬆，沒有半點緊張之色。對於他們而言，這種事情就好像家常便飯一樣……特別是從土復山來的那些個好漢，打家劫舍的事情沒少做，似這種等待、伏擊，更時常有之。甚至，他們比典滿的家將還要輕鬆。

有的吃了乾糧，就倒在地上，頭枕長刀休息，有的則神色悠閒，三兩人坐在一起，輕聲的說著閒話。反倒是典滿顯得有些緊張，他繃直了身子，喉嚨不住抖動，一雙虎目，目光灼灼……

「三哥，不用緊張。」

「緊張？你哪隻眼睛看到我緊張了？」

曹朋盤膝而坐，睜開眼睛看著典滿，突然笑道：「都出汗了，還說不緊張？」

「我哪有出汗！」典滿嘴巴上反駁，下意識的抬起手，在頭上抹了一把。

沒出汗啊？

他猛然省悟，曹朋這是在詐他！

「阿福，你怎恁奸詐？」

曹朋呵呵輕笑，旋即深吸一口氣，對典滿道：「三哥，你跟我做，深吸氣……腹部內收；深呼氣，腹部鼓起。如此反覆，記著數，大概幾百次，就能平靜。來，跟著我做，吸氣，收腹……呼氣……」

他的聲音很柔和，似有一種令人心平氣和的魔力。

逆腹式呼吸，可以在最短的時間裡，達到精氣神的圓滿融合。

曹朋閉上眼睛，靜靜的調整呼吸。可不一會兒的工夫，就聽見身邊呼嚕，呼嚕……響起鼾聲。

睜眼看去，典滿盤膝而坐，腦袋一點一點，居然睡著了！

這讓曹朋頓感哭笑不得……

時間一點點的過去，天也越來越暗。

站在密林中，鳥瞰山谷，依稀可以看到點點隱約的光亮。不得不說，雷緒選的這塊地方，實在是太好了！如果不是胡班畫的地圖，真的很難找到這處所在。

瞇起眼睛，曹朋悄悄靠過去，蹲下身子，靜靜的觀察。這種潛伏蹲守的事情，前世不曉得做過多少次。雖說很枯燥、很無聊，但曹朋此刻卻感受到了一種從未有過的刺激。

前世，是為了抓人，現在，只為殺人！

「三哥！」

「嗯？」

「看到谷口大樹了沒有？」

「看到了。」

「胡班說，樹後面藏著一個洞窟，裡面大約有十幾個人。一會兒行動起來，你要第一時間把他們解決……有沒有把握？」

典滿沉吟一下，輕輕點頭，「只要能靠上去，十步之內，我可以在三息幹掉他們。」說著，他從兜囊中取出一支小戟，「要說擲戟殺人，我爹也未必能強過我。」

典韋有三絕，雙戟、長刀和手戟。

史書中曾有記載，濮陽之戰時，呂布追兵將至，典韋負責掩護。當敵兵追至五步時，手戟左右開弓，連殺數人，嚇退了敵兵，而後從容撤退。也就是說，典韋的手戟，可百發百中。

典滿不是個喜歡吹牛的人，他既然敢說出這種話，定有他的道理。

曹朋也不再詢問，目光越過密林，仔細觀瞧山谷中的星星點點，心裡面同時也在做著盤算……雷緒有三百人，我又應該如何應對，才能全身而退呢？

眼睛瞇成了一條縫，他緊咬嘴唇，突然間露出一抹古怪的笑容。

鹿台崗，寂靜無聲。

雷緒宴請周倉，喝得有點高了，天黑之後，他便回到自己的住處，倒頭大睡。

這一覺，直睡到天將子時，才算緩了過來。雷緒覺得口乾舌燥，從石榻上坐起，喝了一大碗水。

「什麼時辰了？」

「回稟大帥，已近子時。」

雷緒喜歡他的部下稱呼他為大帥。想當年，他不過是一個小帥而已，可如今張曼成死了，波才也死了，換個稱呼，又有何妨？從某種程度上說，『大帥』這個稱呼，也能滿足一下他的虛榮。

不過，聽到回答之後，雷緒一蹙眉頭。

「雷成他們回來了沒有？」

「還沒有回來。」

「該死……這雷成辦事，可越來越不讓人放心。」雷緒說著，便站起身來，就著一個石槽裡的清水，洗了一把臉。深秋的水，很冰……雷緒有些混淪的大腦，一下子變得清醒許多。

「周倉和胡班呢？」

「回稟大帥，周帥吃酒多了，正在歇息。胡班和周帥在一起……」

不知為什麼，雷緒感到有些心緒不寧，眼皮子直跳，似乎就要有什麼事情發生。他走到一旁，抄起一口長劍。這寶劍的形狀，微微彎曲，頗似鉤狀。劍名吳鉤，是會稽名匠打造。當年波才在潁川連番大勝，從當地一個世家子弟手中得來。後來波才戰死，這口吳鉤也就隨之落入雷緒手中。
他聳了聳鼻子，「出去看看！」說罷，邁步往洞外走去。
幾名親隨緊跟在他身後，很快便走出了洞窟。
山林中，很安靜。
除了夜鳥不時啼鳴之外，只有山風簌簌迴響……
雷緒突然停下腳步，眼睛一瞇，心裡的不安感覺，隨之變得越發強烈起來。
「哨卡都安排妥當了？」
「已經都安排好了！」
「山外，沒什麼動靜吧。」
「沒有！」
雷緒搔了搔頭，好像自言自語似地說：「怪了，老子今天為何總覺得要有事情發生呢？」
他轉過身，剛要和親隨說話，忽然間，只聽到一陣『咚咚咚咚咚』的急促戰鼓聲響起。
「什麼動靜？」雷緒大聲喊道：「哪裡傳來的鼓聲？」
「好像是從山外傳來！」

「速去查探，看看是怎麼一回事。」

剎那間，寧靜的山谷裡，亂作了一團。

雷緒帶著人衝出了谷口，想要查探一下發生了什麼事情。可誰也沒有留意到，兩隊人悄然自密林中行出，貼著山谷的邊緣，混入山谷內。

典滿和夏侯蘭帶著人溜進了谷口的石窟裡。典滿身負長刀，兩隻手的手指間各夾著兩枚手戟。

「誰！」

山洞裡傳來了一聲呼喝。

「官軍來襲，雷將軍讓我來通知你們，做好準備。」

「哦……不對，爾等……啊！」

洞窟裡的那些賊兵，一開始並未在意。不過當典滿說出『雷將軍』三個字的時候，他們立刻意識到了不對。誰不知，雷緒從不讓他的部下稱呼他做『雷將軍』，而是以『大帥』呼之。

於是，他們立刻做出反應。

只不過典滿的步伐飛快，一邊說，腳下一邊加速。

在天罡陣中練出來的靈活和迅捷，在這一刻發揮出巨大的作用。等對方反應過來的時候，典滿已經衝到近前。不等對方開口，四支手戟閃爍著森寒冷芒，脫手飛出。正像典滿所說的那樣，十步之內他可以百發百中……那手戟化作一點點的星芒，砰砰砰砰，正中四個賊人要害。

賊人臨死發出了淒慘叫聲，驚動了洞中的其他賊人。

夏侯蘭二話不說，拎槍健步如飛，衝進洞窟內。丈二銀槍在他手中一顫，挽出一個斗大槍花，撲棱棱正中一人胸口。他也不作聲，雙手一合陰陽把，將槍頭上的屍體甩出，大槍旋即化作一道銀光，脫手飛出，把一個剛拿起兵器的賊人，生生釘死在了牆上……

與此同時，典滿的那些家將也衝了過來，手起刀落，將剩餘的賊人劈翻在地！

短短的工夫，山洞裡的賊人便被肅清。從典滿出手，到結束戰鬥，總共不過十數息而已。典滿站在原處，看著地上那一具具屍體，心撲通、撲通……直跳！

原來，殺人竟如此簡單……

「三公子，咱們出去吧。」

典滿深吸一口氣，努力穩定住有些激動的心情，點了點頭。

而這個時候，山谷裡已亂成了一片。雷緒衝出谷口沒多遠，就見幾個賊人迎面跑了過來。

「大帥，大事不好！」

「何事驚慌？」

「官軍，官軍殺來了！」

「啊？」雷緒雖說已有心理準備，可還是忍不住大吃一驚，「官軍可曾發動攻擊？」

「這個……倒是還沒有動靜。不過看樣子，他們已經把這裡包圍，隨時都可能向山裡出擊。」

雷緒不由得長出一口氣……

「這還好，說明他們並不知道咱們的藏身之處。這邊山林這麼密，他們想要找到咱們，也不是一樁容易的事情……兄弟們，休要驚慌！」雷緒大聲叫喊，總算是穩定住了部下的情緒。

「娘的，這幫官軍，又是怎麼找到這裡？」雷緒口中咒罵了一句，腦海中突然間，閃過了一道靈光。

盜馬、雷成、胡班、周倉、衛家、官軍……這之間，原本梳理清楚的關係，在一剎那間好像又變得混亂起來。相互間的位置，隨之發生了變化，一個全新的脈絡在雷緒腦海中浮現。

周倉，出現的也太巧了一點吧。

胡班偷馬，周倉恰好出現，又恰恰是胡班的長輩，雷成又恰恰沒有回來，衛家又恰恰在這個時候押送貨物，官軍又恰恰兵臨城下……

「不好，上當了！」雷緒大叫一聲，轉身想要趕回山谷。

就在這時，只聽山谷谷中人喊馬嘶，火光沖天，一匹匹戰馬從濃煙中衝了出來。有那來不及躲閃的賊人，被戰馬直接撞飛出去，瞬間踩成了一灘爛肉。

「周倉，爾敢欺我……」

雷緒二話不說，領著人就往山谷裡衝。

可是想要衝進去，他必須要先等那些馬匹離開。

與此同時，鹿台崗下，一支兵馬列陣整齊，正靜靜等待。

許儀跨坐馬背上，不時走馬盤旋，神情焦躁不安。在距離他不遠處，一面大纛旗迎風飄揚，大纛以純黑色做底，掐金邊，走銀線，上面書寫兩個血紅色的大字『夏侯』。

大纛下，一員大將身披黑色魚鱗甲，頭戴黑色獅子扭頭盔。掌中一口九尺長刀，威風凜凜，殺氣騰騰。跳下馬，大約有一八五左右的身高，細腰乍背，透著一股雄渾力感。往臉上看，白面長鬚，劍眉朗目，鼻梁挺拔，緊抿著嘴唇。

他目光凝重，勒馬而立。

「叔父，出擊吧！」

「且慢……你兄弟還沒有發出信號！」

「可是……」

「大頭，如今你兄弟身陷陷阱，你更要冷靜才是。貿然出擊，不過徒增傷亡，還會壞了他們……」

話未說完，忽聽有小校大聲喊道：「將軍，快看！」

那員大將與許儀順著小校手指的方向同時看過去，只見密林深處火光閃動，在黑夜中極為醒目。

「叔父，是阿福，是阿福和阿滿……他們成功了！」

那員大將的臉上，浮現出一抹淡淡的笑意。眼中，閃過一抹讚賞之色，而後將手中大刀高高舉起，厲聲喝道：「全軍，出擊……休放過一個賊人！」

章十五 血戰八方

當戰鼓隆隆響起之後，山谷裡便亂成了一鍋粥。

曹朋、王買帶著人，溜進谷內，他們很快便找到了賊人屯放馬匹的洞窟，洞窟外面，並沒有兵馬守衛，所以一行人很輕鬆的便溜進洞中。

這年月，精兵難求，精銳的騎軍又更難得。別看雷緒搶來了一百多匹戰馬，實際上手裡並沒有多少人擅長騎戰。要馬的原因，其實還是為了代步。隨著曹操在豫州漸漸站穩腳跟，並派出夏侯淵出鎮陳留，雷緒等人的活動空間也隨之變得越來越小，甚至舉步維艱。

這個時候，雷緒便動了離開陳留的心思。

別以為他對周倉那麼親熱，真就是袍澤之情。更多的原因，還是雷緒想到了一個好主意。

他覺得，周倉劫走了衛家的財貨，必然會驚動夏侯淵。嘴巴上說著要掩護周倉，心裡面已做好了打算，讓周倉去吸引夏侯淵的注意力。而後依照原計畫強攻雍丘，襲掠一番之後，迅速撤離陳留郡。等夏侯淵反應過來時，他已遠在千里之外。

只不過雷緒沒有想到，他在算計周倉的時候，有人也在暗中算計他！

屯馬的洞窟裡，守衛很鬆懈。五、六個馬夫被外面的喧譁騷亂聲驚醒，迷迷糊糊的起身探頭出來。

「鬼啊！」

一個馬夫看見曹朋等人，嚇了一跳。

原來，曹朋在潛伏的時候，讓所有人把泥水塗抹在臉上。光線昏暗，他們一個個臉上又黑漆漆的，看上去格外恐怖，王買不等馬夫喊出第二句，衝上去手起刀落，就把對方劈翻在地。隨著曹朋的那些扈從也沒有猶豫，衝上前去，馬夫們甚至都沒有弄清楚究竟發生了什麼事情，便一個個被王買等人砍翻倒在了血泊中。

在經歷過夕陽聚和九女城連番搏殺之後，王買殺起人來，甚至比曹朋還要兇狠。那一刀下去，快準狠，刀刀斃命，進退之間，儼然已有了那麼一股駭人的殺氣。

殺氣這東西，聽上去很虛，但卻又真實的存在。
或者說，殺氣是一種氣質……沒殺過人，沒有在生死間歷練過，就不可能擁有這樣的氣質。
典滿和許儀的身手都高於王買，可如果臨陣搏殺，勝負尚在兩可之間。
王買解決了那些馬夫之後，便朝著曹朋看了過去。曹朋點點頭，向王買做了一個手勢。
「把馬都趕出去！」王買立刻下令，順手從洞壁上抄起一支火把。
十名扈從連忙開始行動，把那些戰馬的韁繩全都解開，同時向洞窟外驅趕。
「我們撤！」曹朋一擺手，就往外走。
扈從們急忙跟隨，王買走在最後，順手將火把丟在了草垛子上。
乾草遇到火焰，迅速燃燒起來。而那些戰馬看到火光，頓時驚慌失措，嘶鳴著往山洞外衝去。
這時候，曹朋等人已經和典滿、夏侯蘭會合一處。
「情況如何？」
「一切正常……」
「盡快找到周叔和胡班，然後咱們找地方藏起來。」

火起來了，官軍也到了，對於曹朋來說，他的任務也就算是完成了。

在這種情況下，如果夏侯淵再不能解決雷緒，那他可就不是夏侯淵了。所以，曹朋很放心，甚至一點負擔都沒有。只是，這麼大的山谷，這麼多的洞窟，想要找到周倉，可不容易。

曹朋一路上與好幾撥賊人相遇，所幸對方都是三三兩兩，典滿手戟飛出，輕鬆的解決掉了對方。若是遇到大批賊人，曹朋等人也不硬拚，早早的躲閃開去。

「阿福！」

曹朋忽聽有人喊他的名字，抬頭看去，見周倉帶著胡班，從一間石室中探頭出來。

「這邊。」周倉一身血汙，長刀上更滴著血珠子。

胡班臉色蒼白如紙，緊跟在周倉身後，渾身發抖。他只是高陽亭的一個閒漢，偷雞摸狗倒是一把好手，可要說起殺人，胡班甚至比不上鄧稷。

「周叔，你那邊如何？」曹朋連忙跑過去，在周倉身邊停下。

目光從周倉的身側越過，只見那石室裡橫七豎八倒著七、八具死屍，顯然都是周倉的傑作。

「以為派幾個毛賊，就能把我看住！」周倉冷笑一聲，「雷子建，也太小看了我。」

「先進屋再說。」

曹朋見周倉和胡班沒事，總算是鬆了一口氣。他閃身進入石室，王買和典滿隨後跟上，周倉和夏侯蘭，在石室門後警戒。

清點了一下人數，沒有什麼傷亡。山谷中已亂成了一片，賊人們奔走逃命，呼號不止，一匹匹戰馬，瘋了似地往山谷外面衝去，使得出口一下子也變得混亂不堪，擠成一片。

戰鼓聲，越來越近，官軍的喊殺聲，隱隱約約傳來。

曹朋突然笑著說：「胡班，這下你可以放心了。」

「放心什麼？」

「高陽亭……至少不會再有賊寇襲掠。你偷馬的事情，也可以有個交代，就說你發現了賊人蹤跡，為維護高陽亭安危，不得已委曲求全，混入其中。所為的就是等一個機會，將賊人一網打盡。」

「啊？」胡班一怔，有些發懵。

「就算是雷緒被抓，也休想拖你下水。」

曹朋說話間，透著一股風輕雲淡的氣質，石室外面的混亂，似乎和他沒有半點關聯。也正是這種氣質，讓本來有些壓抑的氣氛緩和了許多。

典滿笑道：「如此說來，這夯貨不僅沒罪，還立了大功。」

曹朋笑了笑，沒有接這個話題，而是走向了石室門口。

胡班此刻整個人如墮夢中，好半天他才清醒過來，結結巴巴的說：「我……立功了嗎？」

夏侯淵此次帶來的兵馬並不多，只有八百人。但這八百人，卻是他麾下最為精銳的悍卒。並非陳留沒有精兵，而是因為夏侯淵不能輕舉妄動。一股小小的賊寇，根本不值得他費太多心思，如果不是許儀請他幫忙，夏侯淵也未必會理雷緒。真正讓夏侯淵決意出兵的，還是許儀告訴他，雷緒準備洗劫雍丘，而後逃離陳留郡。夏侯淵身為陳留郡太守，斷然不會坐視這種事情發生。

官軍並沒有貿然出擊，而是在隆隆戰鼓聲中，向賊寇的藏身處推移。一群烏合之眾，又怎是這八百銳士的對手？一路殺過來，賊寇幾乎是兵敗如山倒。雷緒也沒有及時指揮手下抵抗，於是這些賊寇除了一開始抵抗了一下後，便再也無心交鋒。

「阿福，快看！」周倉突然向外一指。

順著周倉手指的方向，曹朋看到一行人，狼狽的跑進了山谷內。

「那個矮個子，就是雷緒！」

曹朋眼睛不由得一瞇，閃過一抹精光。

雷緒和薛州有聯繫，而薛州又是廣陵大盜，出了名的海賊。海西的混亂，與薛州有著密不可分的關係……鄧稷如果想要在海西立足，肯定要和薛州交鋒。薛州的背後，是不是還藏著什麼人呢？

也許，可以從雷緒的身上找到線索……

想到這裡，曹朋輕輕抽出了鋼刀，「跟著雷緒！我想從這傢伙身上，打聽一下薛州的情況。」

周倉和夏侯蘭頓時露出了然之色。

曹朋扭頭對王買說：「三哥、虎頭哥，你們留在這裡等候夏侯將軍。我和周叔去辦點事情。」

王買立刻道：「我也去！」

「虎頭哥，你們都留在這裡，不要輕舉妄動。人多了，反而容易出事……有周叔和夏侯在，足以頂上千軍萬馬。三哥，你也別亂動。咱們勝券在握，這時候若有傷亡，得不償失。」

「可是……」

曹朋臉一沉，「你們答應過我，一切聽從我的調遣，這是命令！」

王買和典滿還想要爭辯，可嘴巴張了張，最終還是應諾遵命。

曹朋三人相視一眼後，閃身就衝出了石室。王買和典滿立刻占住大門兩邊的位子，向外觀瞧。

「老七，阿福這是搞什麼鬼？」典滿有點不高興。好不容易遇到戰事，居然沒有施展身手的機會。那些賊人太弱，讓他提不起半點興趣。

王買搖搖頭，「我不知道，不過阿福一向謀後而動，他既然這麼說，肯定是有特殊緣由。」

「要不，咱們偷偷跟過去？」

「不行。」王買連忙擺手，「阿福不是說了，咱們這麼多人，容易出事。」

「可是……」

「三哥，既然咱們都答應下來，就別亂來。阿福那傢伙的性子，你可能還不是太瞭解。他表面上看著柔弱，可是心裡面卻存著一頭猛虎，如果因為這件事把他惹怒了，他敢和你翻臉，甚至把你趕回許都……你別笑，我是說真的。當年在中陽鎮的時候，他身子骨遠不如現在，可是因為有人欺負了他娘親，他帶著我在那人家周圍轉了很久，我問他怎麼回事，他也不肯說……結果，當晚他摸到那人家裡，殺了那人。」

典滿不由得沉默了。片刻後，他輕聲道：「外面賊人那麼多，萬一……我是擔心，阿福他們寡不敵眾。」

「這個……」王買一聽，也露出了沉吟之色，「那你說怎麼辦？」

「咱們偷偷跟著他！」典滿回頭看了一眼胡班和那些扈從，壓低聲音道：「就咱們兩個過去，別讓阿福知道。如果阿福他們沒有事，咱們就不露面。萬一……咱們也可以幫得上忙。」

王買不由得有心動了：「咱們只跟著，不到萬不得已，不許動手。」

典滿頓時咧開大嘴笑了，「那是當然，我也怕……呸，我是他三哥，我才不怕這個傢伙呢！」

曹朋、周倉和夏侯蘭，跟著雷緒等人，走進了石窟大廳。

「大帥，官軍已經臨近，咱們怎麼辦？」一個賊寇驚恐不安的詢問。

雷緒沉默了一會兒，「咱們馬上離開這裡。」

「那外面的兄弟怎麼辦？」

「這時候哪顧得上他們……讓他們阻攔一下官軍也好，正可為咱們爭取一些時間。趕快收拾一下，把那些方便攜帶、而且值錢的東西帶上……雷芳，去把那些衣甲取來。咱們換上官軍衣甲，趁亂逃離出去！大家都快點，若被人發現了，咱們想走，可沒那麼容易了！」

親隨們立刻分頭行事。就見那名叫雷芳的賊人帶著兩個人，從大廳的角落裡抬出一個箱子，打開來，裡面盡是官軍的甲冑。想必是雷緒之前得來的東西，雷芳拿出一套遞給了雷緒。

雷緒立刻換上衣甲。而後，就見他從石榻上翻出一個匣子來，用布包裹好，往肩上一背。

「雷芳，都準備好了嗎？」

「大帥，都準備好了！」

「咱們走！」

雷緒做起事來，一點也不拖泥帶水，一行人匆匆往外走。

曹朋和周倉、夏侯蘭對視了一眼之後，周倉和夏侯蘭不約而同的朝他點點頭。

周倉閃身出來，攔住了雷緒等人的去路，「雷緒，你這一身打扮，莫不是要投靠官軍嗎？」

雷緒先是一驚，待看清楚了是周倉，他臉上頓時露出一抹猙獰之色。

「周倉！」他大聲吼道：「我與你遠日無怨，近日無仇，為何要害我？」

周倉哈哈大笑，「雷緒，大丈夫生於世上，當憑掌中刀，建不世功業，焉能一輩子從賊。」

「你什麼意思？」

「呵，我能有什麼意思？只想向你借一樣東西。」

「什麼東西？」雷緒顯然是個能屈能伸的傢伙，而且很清楚眼前的局勢並不適合與周倉糾纏。

周倉笑道：「我欲借爾項上人頭，獻與我家公子。」

雷緒聞聽一怔。聽周倉的口氣，似乎是投靠了什麼大人物，不過他這時候也無心計較這些，咬牙切齒道：「爾敢如此欺我？莫不是以為我雷緒好欺負？」

「好不好欺負，打過再說……把你人頭給我拿來！」周倉大吼一聲，踏步衝向前去。

雷緒則厲聲喝道：「殺了他！」

雷芳二話不說，帶著人就向周倉撲來。

就在這時候，從暗處猛然竄出一道人影——夏侯蘭擰槍撲出，丈二銀槍在他手裡滴溜溜一轉，呼的就刺向雷芳。

雷芳也沒有想到周倉居然還有幫手，直覺想便是胡班。胡班的本事他知道，根本不足為慮，所以他也沒有在意，反手一刀劈了出去。

雷緒連忙高聲叫喊，可是……他喊得還是晚了！

「雷芳，小心！」

夏侯蘭的身手，如今比之周倉，也僅僅是差了一籌。而且，他的槍也長，力道也足，和雷芳手中大刀交擊，鐺的一聲，就把雷芳的刀崩到一邊。

銀槍微微一頓，旋即兇狠刺出。雷芳不由得大驚失色，連忙撤步後退，想要閃躲過去。

好一個夏侯蘭，腳步突然靈動起來，猛然一個加速，同時一步踏出後，原本雙手緊握的銀槍突然單手握住，身體向前一探，一隻腳落地，另一隻腳翹起，這銀槍的長度陡然增加。

說時遲，那時快，雷芳想躲已經來不及了！

只聽噗的一聲，大槍穿透了雷芳的胸膛。夏侯蘭不慌不忙，一個滑步，另一隻手復又蓬的握住了槍桿。按著他的招數，雙手合陰陽把，甩掉雷芳的屍體，便可以繼續戰鬥。

也就在這時，雷緒突然動了。只見他拔出吳鉤，雙手握劍，腳下邁出小碎步，步伐不大，速度卻是飛快。

「還我兄弟命來！」

雷緒說著話，猛然墊步竄出，吳鉤兇狠的向夏侯蘭斬去。

可就在他出劍的一剎那間，眼角餘光有人影一閃，緊跟著一股森冷的寒意，自他腦後襲來……

曹朋這一刀，拿捏的時機正好。

不過，出乎曹朋意料的是，雷緒後腦杓上好像長了眼睛。也沒有回頭，斬向夏侯蘭的吳鉤劍突然間在半空中頓住，腳下走了一個圓弧，身體隨之一側，那吳鉤劍收回，又詭異的從肋下斜刺出來。

這一劍，頗有些羚羊掛角，不著痕跡之氣。

叮，吳鉤劍玄之又玄的刺在了刀脊。曹朋只覺手臂一震，一股大力陡然傳來，鋼刀險些脫手，口中不由得『咦』了一聲，連忙後退。

這時候，周倉和夏侯蘭被那十幾個賊人困住。雖說他二人的武藝遠高過對方，但想要衝出來，也不是一時半會兒可以做到。

雷緒驀地轉身，腰身一挺，臉上露出猙獰笑容：「小傢伙，想殺你雷爺爺，沒那麼容易！」

吳鉤劍遙指曹朋，雷緒邁步向前。

曹朋原本並沒有把雷緒放在心上，因為雷緒的外形，很難讓人對他產生關注。身材矮小，四肢又短，平時還總是佝僂著腰……乍一看，很難把他和別人口中的『悍匪』聯繫在一起，所以，曹朋也沒有太在意。可當雷緒這一步邁出的剎那，曹朋心裡一震。

壞了！這傢伙是個高手……

強大的血氣，可以清晰的感受出來。

那不是普通人能夠擁有的血氣，已隱隱形成了一股壓迫。

這是易筋巔峰時才會產生出來的效果。而且，這雷緒似乎懂得隱藏氣息的竅門，以至於讓許多人都對他產生了輕視。

單以武力而言，雷緒的身手，大約和魏延在伯仲間。當然了，是指大半年前在九女城的魏延。

曹朋心裡頓時生出一種不祥的預感。

不過，他此刻別無選擇。周倉和夏侯蘭被賊寇纏住，他只有和雷緒決一生死。

雷緒獰笑著，踏步一劍揮出。平淡無奇的一劍，似乎隱藏著諸多巧妙的變化，將曹朋籠罩其中。

曹朋想躲閃，可是卻又無處閃躲……雷緒這一劍，就封死了曹朋的退路。

狹路相逢勇者勝！

這也是曹朋真正意義上的首次戰鬥。此前，他殺過不少人，但大多數時候，都是渾水摸魚，很少直面對手。當然，這和他早先的身體狀況有關。那時候他身體羸弱，硬碰硬很難取勝。而現在，曹朋導氣入骨，身體狀況已有了極大的提高。

既然躲不了，那就只有拚死一搏……

曹朋擰腰，揮刀而出。

刀劍交擊的一剎那，卻出人意料的沒有發出任何聲響。

就聽雷緒嘿嘿一笑，吳鉤劍和曹朋的長刀交擊的剎那，猛然有一個『提』的動作。而後劍刃虛壓，啪的翻轉，貼著刀脊就是一抹。

這一劍抹得極為詭異，而且很快，曹朋再想要變招，可就有些來不及了。如果他不棄刀的話，雷緒這一劍就能把他的手掌抹下來。在劍術裡，這叫做提抹，是一種基礎劍術。但想要把這種劍術練好，並不是一件容易的事情。

只這一劍，就看得出來雷緒的劍術非同一般。

曹朋無奈之下，只有棄刀閃躲。

而雷緒一劍得手之後，哈哈大笑，「小畜生，看你還能堅持多久。」

說話間，閃身就撲過來，吳鉤劍一領，劍勢頓時展開。一道道，一條條的光弧交錯縱橫，劍氣飛騰，把曹朋籠罩其中。

「公子，小心……」

周倉在一旁頓時大驚失色，手中長刀一震，喉嚨裡發出一連串古怪的爆音。刀光閃閃，刀雲翻滾。每一刀揮出，都會產生一種詭異的空爆之聲，刀勢頓時變得格外狂猛，兩個賊寇閃躲不及，立刻被周倉劈成兩半，倒在了血泊之中……

夏侯蘭同樣也有些急，想要衝過去援救。

可那些賊寇，同樣知道輕重。只要雷緒殺了那個少年，這兩個人必然會方寸大亂，所以，就算是死，也要攔住他們，以保護雷緒順利得手。

所以，周倉和夏侯蘭都用了全力，但想衝過來援救曹朋，卻顯得有心無力。

曹朋的後背，已貼在冰冷的石壁上。身後沒有了退路，額頭更是冷汗淋淋。

雷緒哈哈大笑，手中的吳鉤劍好像如蛆附骨，緊跟著曹朋。

一劍斜刺，快如閃電。

曹朋一隻腳踩在石壁上，精氣神在這一刻，已達到了巔峰。

他抿著嘴，猛然腿上發力，身形呼的竄出去，閃過雷緒這一擊。在地上打了個滾，一個鯉魚打挺站起來，衣衫顯得格外凌亂。不過這時候，他已經沒有了最初的慌亂，漸漸冷靜下來。

雷緒一劍落空，吳鉤劍刺在石壁上，叮的一聲，火星四濺。

「小畜生，看你往哪裡逃！」

他原本以為，收拾曹朋輕而易舉，哪知道曹朋居然一直堅持到現在，讓雷緒多多少少開始焦慮起來。另一邊，自己的那些手下，已經有些撐不住了。

發狂的周倉和夏侯蘭，儼然似兩個殺神。不過這也更加坐實了雷緒的猜想，曹朋的來頭一定不簡單。如果能拿住曹朋，豈不是更能多一些把握？

雷緒這心思一分，手裡的吳鉤劍也隨之一緩。

曹朋猛然頓足發聲，八字真言出口，猱身而上。

只見他身若秋猿靈動，騰挪之間，更透著一股詭異之氣。

雷緒一怔，突然間笑了：「小傢伙，拚命嗎？」

在雷緒眼中，曹朋不過困獸猶鬥，已是強弩之末了。吳鉤劍揮出，快如閃電，劍刃撕裂空氣，發出刺耳的銳嘯。

眼見著吳鉤劍就要劈中曹朋的一剎那，卻見曹朋身形滴溜溜一轉，幾乎是貼著吳鉤劍就抹了進來。雷緒瞳孔一收，立刻覺察到不妙，之前活捉曹朋的念頭頓時掐滅。

吳鉤劍劍光霍霍，招招狠毒。

曹朋在劍光中閃躲騰挪，好像一隻猿猴般，跳躍撲閃。每一次，吳鉤劍都是貼著他的身體，險之又險的劃過。

雷緒的心情越來越焦躁，吳鉤劍揮舞的越來越快，並且越來越狠辣。

秋猿身法，天罡步！

這是白猿通背拳中的基礎功夫，此刻卻成了曹朋的保命之法。

只是，隨著雷緒的攻擊越來越猛，曹朋想要閃躲，可就越來越難。

眨眼的工夫，曹朋再次被雷緒逼到了死角。身上的衣衫，也被凌厲的劍氣撕扯成一道道布條。

「小子，給我拿命來。」雷緒大吼一聲，縱身揮劍撲來。

曹朋再想閃躲，可就有些頂不住了，雙手猛然在胸前錯開，一拳在前，一拳在後，兩腳弓步，心裡已做好了拚命的打算。就算是拚著吃他一劍，也要還他一拳！

「狗賊，休傷我兄弟！」

說時遲，那時快，就在這千鈞一髮之際，石室門口傳來了一聲暴喝。

典滿從門外撲進來，眼見曹朋已身陷危機，不由得急紅了眼，抬手三支手戟飛出，旋即拔刀就撲向雷緒。手戟的速度非常快，三點星芒一閃，就到了雷緒的身前。

雷緒嚇了一跳，反手一劍揮出，將手戟劈落。也就在這時候，曹朋雙腳錯動，一蹬，一趟，踏步揮拳轟擊。

他和雷緒的距離本就不大，這一拳轟擊，更是蘊含了全身的力量。骨力勃發，丹田用力！拳出，帶著一連串的空爆聲響，雷緒大吃一驚，連忙抬手封擋……

曹朋這看似根本就無法用上力氣的一拳，竟產生出無盡的威力。

雷緒也是分了心神，雖然抬手臂封擋，但實際上，他更多的注意力還是留在典滿的身上。可是就在這拳頭和手臂相觸的一剎那，一種毛髮森然的感覺，陡然出現。

手臂的汗毛，好像在瞬間乍立起來一樣，迅速蔓延全身。雷緒暗叫一聲不好，錯步想要閃躲，卻已經來不及了。

在旁人的眼中，曹朋這一擊衝拳，好像是按在雷緒的胳膊上，但這渾如無力的一拳，卻產生出詭異的結果。

雷緒的衣袖頓時破裂，好像片片蝴蝶飛舞一般。同時，一股巨力湧出，好像一根鑽頭似地鑽進了雷緒的手臂，皮膚頓時迸裂，手臂上的青筋炸開了似地紛紛斷裂，鮮血噴濺開來，雷緒的胳膊出現了一個古怪的扭曲形狀。

「啊呀！」雷緒不由得發出一聲慘叫。

半步崩拳的爆發力，直接就廢掉了雷緒的胳膊。

筋斷了，骨頭斷了……吳鉤劍脫手掉在了地上，雷緒扶著胳膊，抬腳正踹在曹朋的肚子上。

只見曹朋哇的一口鮮血噴出，身體砸在石壁上，軟綿綿的滑落下來。而這時候，王買緊隨著典滿衝進石室，正好就看見曹朋吐血的場面，心中頓時生出一股無與倫比的暴怒之氣！

「狗賊，敢傷阿福！」

鐵脊長矛脫手飛出，掛著風聲，猶如在空中劃過一抹黑色閃電。

若在平時，雷緒可以輕鬆的躲閃過去，但在這一刻，他的胳膊被曹朋廢掉，痛得他耳目都有些不太清楚。一腳踹飛了曹朋之後，雷緒還要上前取曹朋的性命。鐵脊蛇矛也就在這時，到了他身後。

雷緒覺察危險時，已經有些晚了！

本能的，他一側身，長矛正中他的肩膀，從後背直接穿透，從肩窩露出矛刃。鐵脊長矛上的巨大衝擊力，直接震斷了雷緒的鎖骨，把雷緒疼得發出一聲淒厲慘叫。

曹朋一陣劇烈咳嗽，強忍著腹中翻騰的氣血，一個翻滾，就到了雷緒的身前。不等雷緒清醒，曹朋頓足擰腰而起，肩膀兇狠的撞在雷緒的胸口，把雷緒蓬的就撞飛了出去。

曹朋撞飛雷緒之後，更牽動了內腑的傷勢，又噴出一口鮮血，旋即癱倒在地上……

等曹朋緩過這口氣，就看見雷緒正好落在典滿的腳下。

「三哥，別殺他！」

典滿此刻一臉的猙獰，咬著牙，惡狠狠舉起長刀，喀嚓一刀下去，雷緒頓時身首異處。

那顆血淋淋的腦袋，滾到了曹朋的面前，曹朋張大嘴巴，看著雷緒的腦袋，半天說不出話來。

老子可是想要從他口中問情報呢！

曹賊

章十五 血戰八方

「阿福，你沒事吧！」典滿猶自沒有覺察到曹朋臉上的陰鬱，快步走上前來。

「你……」曹朋手指著典滿，氣得渾身發顫。

一口鮮血噴出，曹朋只覺得眼前一黑，便昏了過去……

章十六 事了拂衣去，深藏功與名

再次睜開眼睛，曹朋從昏迷中清醒過來，已經身處於高陽亭亭驛。

「阿福……」鄧稷差點流下兩行熱淚。

「姐夫，你這是……」曹朋睜開眼，就看到鄧稷那張憔悴的面容。

「你總算是活過來了……可把我嚇死了。阿福，你若是出了事情，我日後怎麼去面對阿楠？以後，你可千萬不能再這麼去冒險了！」

曹朋的腦袋仍有些混沌，不過鄧稷的這一番嘮叨，還是讓他感覺心裡暖暖的。

「我怎麼會在這兒？」

「你還說……你在鹿台崗受了傷，昏迷不醒。是阿滿和虎頭他們一路把你給抬回來的。」

事了拂衣去，深藏功與名

「鹿台崗？」曹朋輕輕拍了下腦袋，「已經平定了嗎？」

「已經平定了……夏侯將軍正在那邊清理戰場。」

「現在，什麼時辰？」

「哦，剛過了辰時。」鄧稷說罷，站起身，往屋外走，「你這一昏迷，把大家都給嚇壞了。虎頭他們都在外面，一直都沒去休息，我讓他們進來。」

說著話，鄧稷已拉開了房門，不一會兒，就見典滿、許儀、王買和鄧範跑進了房間。

「阿福，你可是把我們都給嚇壞了！」典滿一進屋就咋咋呼呼的叫嚷起來。

看見典滿，曹朋立刻想起了昏迷前的一幕幕景象，頓時有些氣不打一處來……辛辛苦苦，險些丟了性命才制住雷緒，沒想到卻被典滿一刀給殺了。

可他轉念又一想，這事情似乎也怪不得典滿。

如果沒有典滿出手，說不定這時候身首異處的，不是雷緒，而變成了自己。

縱有萬般不爽曹朋也只能憋著。他強作笑顏，看著眾人說：「我沒事了，讓哥哥們費心。」

「呼，費心倒說不上，只是……沒想到那雷緒居然也是個狠角色。」典滿大剌剌在一旁坐下來。

王買走上前，把一個匣子放在曹朋枕邊：「這是夏侯大哥從雷緒身上取來的東西……他說這匣子裡面的東西，說不定對你有大用處！」

曹朋聞聽，不由得精神一振……

其實，大家都很累。無論是參戰的典滿和王買，還是前去陳留請求救兵的許儀，基本上都沒有休息過。只不過曹朋一直沒有甦醒，也使得眾人憂心忡忡，無法休息，一直堅持到現在。

如今，曹朋醒了，大家懸在嗓子眼裡的心，也隨之落了下去。這一放鬆，隨即就是睏意湧來，典滿、許儀說話的時候就不停打哈欠，於是便先行離開。

「虎頭哥，你也去歇著吧！」

「我再陪你一會兒。」

「不用了，我自己的身子我自己清楚，沒什麼大礙。你和五哥都是一夜沒睡，別再撐著了！我想，咱們很快就會動身，你們趕快養好精神。你們早一些養好精神，咱們早一點啟程。」

王買又堅持了一會兒，最終實在是熬不住，只好回去歇息。

不過鄧範沒有走，在房間裡陪著曹朋。

不等曹朋開口，鄧範就阻止了他：「阿福，你們出生入死的，還受了傷。我卻留在這邊，寸功未立。我知道，我武藝不到家，沒有大用處。可在這裡照看你一下，還是可以的……你若再囉唆，就是不把我當作兄弟。」

「好吧好吧，那我不催你。」

鄧範把話說到了這個分上，曹朋也不好再趕他。

曹朋清楚自己的傷勢，主要還是被雷緒那一腳傷了內腑，這種傷勢，也不是一時半會兒可以治好，開些補氣養身的藥方，剩下的，就是自身的調養。

曹朋估計了一下，雷緒這一腳，他至少也要半個月才能恢復。

和鄧稷、鄧範閒聊一陣，曹朋從枕頭旁邊拿起匣子，輕輕打開，不由得吸了一口涼氣。

怪不得這匣子沉甸甸的，裡面擺放著十鎰馬蹄金，除此之外，還有一幅白絹，上面寫著密密麻麻的文字。看字體，寫信的人應該有一定的學識和修養。

字，是當下極為流行的飛白書。

飛白書是一種很特殊的書法，起源於東漢末年的學者名士，蔡邕。

相傳東漢靈帝時，修飾鴻都門的匠人用刷白粉的掃帚寫字，被蔡邕看到，便創出了飛白書。

這種書法筆劃中絲絲露白，好像枯筆所寫，給人以飛動之感。所以，書法一出現，便為許多人所推崇，包括鄧稷對這種飛白書也很欣賞，時時在家練習。

曹朋的書法很普通，不過因為見鄧稷練過，故而印象深刻。能寫出如此出色的飛白書，這寫書人恐怕也非等閒之輩……

「阿福，上面寫了什麼？」鄧稷在一旁問道。

曹朋認真看完，把白絹遞給了鄧稷。

信是一個名叫『成』的人所書，但是並沒有留下姓氏。他邀請雷緒做一番大事業，並且保證雷緒等人的安全，如果雷緒願意，可以派人到盱眙和他聯繫。此外，還留了一個聯繫方式，說是盱眙有一間雲山米行，雷緒只要派人過去，言持金求糧，米行裡就會有人接待。

總體而言，這就是一封招攬信。

鄧稷看完之後，問曹朋道：「阿福，你有何計？」

「我？」曹朋搖搖頭，「現在還真不是太明白。薛州的事情尚不太清楚，如今又蹦出來這麼一個『成』，我是真有些糊塗了。姐夫，你說會不會這個『成』，就是薛州的靠山呢？」

鄧稷想了想，苦笑道：「我也說不清楚。」

「那……咱們到時候看情況再說。」

「也好！」

身不在海西，也不清楚海西的狀況，所有的一切，都是憑空猜想。無論是曹朋還是鄧稷，此刻都有些摸不著頭腦，更不用說做出一個詳細的計畫來……

「對了，咱們什麼時候動身？」

「你說呢？」

「夏侯將軍肯定要過來，到時候少不得又要多一番周旋。」

「我覺得，這件事最好別太張揚了。」

「為什麼？」

「雷緒這件事，原本就是一個偶然。若弄的太張揚了，咱們這一路東去，少不得會有麻煩。雷緒是薛州極力招攬的對象，卻死在你我手裡，如果傳出去，只怕會令薛州警覺，甚至不等咱們在海西站穩腳跟，便會動手除掉咱們。我覺得，咱們現在應該是悄悄的去，悄悄做事……而且，夏侯將軍也未必願意張揚。畢竟陳留郡是他的治下，出這麼一樁子事，臉面無光啊。」

鄧稷想了想，點點頭，把白絹和馬蹄金放好，交給曹朋保管。

「既然如此，你先好好休息，我去和濮陽先生再商議一番。」

曹朋點了點頭，有些疲乏的靠在榻上。

雷緒、薛州、陳登……這原本是一條非常清晰的脈絡，突然間因為這個『成』的出現，而變得混亂起來。還有，小五早先曾說，雷成還提起過一個『魯美』。這魯美又是誰？和薛州、陳登又有什麼關係？

一個又一個的名字，在曹朋腦海中不斷浮現，漸漸糾纏在一起，越發的混亂起來。

午後，夏侯淵派人過來，說是要在雍丘宴請鄧稷等人。

而鄧稷在聽從了曹朋的勸說，又和濮陽闓商議了一番之後，已準備動身，前往海西縣。

夏侯淵的請柬送到，讓鄧稷有些為難……

天將擦黑，雍丘縣衙裡燈火通明，酒宴已經擺好，夏侯淵穿戴整齊，坐在大廳中等候鄧稷一行人的到來。在夏侯淵的下首處，是隨行的將領，以及雍丘縣的官員。而上首一排酒席，則空蕩蕩不見一個人。

「父親，這鄧叔孫，也忒無禮！」一個少年坐在下首，不滿的說道。

「仲權，閉嘴。」夏侯淵嚴厲的喝道。

這少年是夏侯淵的次子，名叫夏侯霸，年十六歲。因夏侯淵長子夏侯衡已經成親，算是自立門戶，故而夏侯霸便一直跟隨在夏侯淵的身邊。

聽夏侯淵的斥責，夏侯霸雖然閉上了嘴巴，還是微微一撇嘴。

說實話，他對鄧稷等人並無太多好感，甚至還有些厭煩的成分在裡面。

夏侯霸一直自視甚高，也的確是有本事，所以有些驕傲。原本在許都，夏侯霸屬於那種拔尖的人。可因曹真等人結拜，小八義之名迅速傳播，一下子壓了夏侯霸一頭，心裡自然不太服氣。加之這次討伐雷緒，說起來也是夏侯淵的失職。不管夏侯淵在陳留任職多久，也不管那雷緒在陳留潛伏了多久，總之夏侯淵是沒有覺察到！

清點雷緒等人劫掠的物資，夏侯淵也有些吃驚。那百十匹戰馬，分明是來自於不同地方，從馬上的烙印來看，大都是從陳留過往通行的客商所有。這也說明，雷緒可是做了不少大案，而做了這麼多的事情，他都未能察覺到，就算說破了天，夏侯淵也不占道理。

這也讓夏侯霸看鄧稷等人更有些不太順眼了。你說你們好端端的，去海西赴任就是，偏偏多管閒事，豈不是擺明要打他父子的臉嗎？

而今天色已晚，自己這麼多人在這裡等候鄧稷那幫人，鄧稷卻遲遲沒有出現，夏侯霸可就有點壓不住火。

不過，夏侯淵既然開口了，夏侯霸也沒有辦法。但心裡面已拿定了主意，等鄧稷那幫人過來以後，一定要找個由頭，好好的羞辱他們一番。

這主意拿定，夏侯霸倒是輕鬆了不少，於是和身邊的幾員將領，有一句沒一句的聊了起來。

時間一點點的過去，天色也越來越晚。

夏侯淵等得也有些不耐煩了，站起來剛要往外走，就聽門外有軍士稟報：「將軍，府衙外有高陽亭亭長胡華，說是奉了海西令之名，有書信送來。」

「嗯？」夏侯淵臉色一沉，旋即道：「讓他進來！」

「父親，鄧稷這些人真是太無禮。您好心好意宴請他們，結果他們卻讓個高陽亭亭長過來，算哪門子道理？」

「仲權，你且住嘴。」

夏侯淵心裡也有些不高興，那張猶如刀削斧劈般稜角分明的面龐，微微抽搐了一下，可他還是壓住了火氣，厲聲制止了夏侯霸。

不一會兒，一個白髮老者手持竹杖，顫巍巍走進了府衙。

章十六 事了拂衣去，深藏功與名

當一雙雙凌厲的目光凝視在胡華的身上時，胡華也不由得直哆嗦，一進門便匍匐在地，顫聲道：「高陽亭亭長胡華，叩見夏侯將軍。」

本來，夏侯淵心裡很不舒服，可是看胡華那模樣，到了嘴邊的斥責言語，又嚥了回去。

「胡亭長，你先起來。」

「小老兒遵命！」

待胡華站起來以後，夏侯淵上上下下打量了他一番。

「胡亭長，鄧海西他們為何沒有過來？」

胡華連忙說：「鄧海西說他們要趕往海西，已經耽擱了行程。所以在天黑前，便動身了。」

「什麼？」夏侯淵眼睛一瞪，「他們走了？」

「是！」胡華說著，從懷中取出一幅白絹，「鄧海西還託付小吏，將此書信，奉與將軍。」

夏侯霸起身，大步走過去，從胡華手裡一把奪過了白絹。

「趙客縵胡纓，吳鉤霜雪明……」他讀了兩句，不由得愣住了：「這又是什麼東西？」

夏侯淵一蹙眉，走上前從夏侯霸手裡接過白絹。

趙客縵胡纓，吳鉤霜雪明。銀鞍照白馬，颯沓如流星。
十步殺一人，千里不留行。事了拂衣去，深藏身與名。
閒過信陵飲，脫劍膝前橫。將炙啖朱亥，持觴勸侯嬴。
三杯吐然諾，五嶽倒為輕。眼花耳熱後，意氣素霓生。
救趙揮金槌，邯鄲先震驚。千秋二壯士，烜赫大梁城。
縱死俠骨香，不慚世上英。誰能書閣下，白首太玄經。

夏侯淵拿著白絹，不由得陷入了沉思。

這首應在唐代問世的李白《俠客行》，用在此時此地，看在夏侯淵眼裡，味道是截然不同。

「父親，您怎麼了？」

夏侯霸見夏侯淵一直沒有說話，拿著白絹呆呆發愣，忍不住上前輕聲詢問。

夏侯淵突然笑了，他長出一口氣，「卻是被小兒小覷了！」

說著，他問道：「胡華，這首詩，可是鄧叔孫所做？」

「呃……非也！」

「那是何人手筆？」

「此鄧海西妻弟，曹朋所書。」

「曹朋？」夏侯霸扭頭，向胡華看去，「就是小八義之曹朋？」

「呃……這個小吏也不清楚。不過曹公子喚典公子為三哥，喚許公子為二哥，應該就是吧。」

胡華一輩子沒出過陳留，最遠也就是來過雍丘，去過圉縣，又怎知『小八義』的含義？

「父親，我去追他們回來，再好好責問他們一番。」

「責問什麼？」夏侯淵眼睛一瞪，「整日裡就知道爭強好勝，也不知好好讀書。且看看人家，年紀比你小，可這見識和胸襟卻非你能比擬。鄧海西所言不差，他公務在身，逗留此地也無意義。傳我命令，雷緒等人的事情，暫秘而不宣……雍丘令！」

「喏！」

「你可以對外宣稱，發現鹿台崗有一夥賊人，故而才出兵平定。」

夏侯淵從曹朋的這封書信裡，隱隱約約猜到了幾分真相。

恐怕，這個雷緒……並不是那麼簡單啊！

扭頭看到一臉茫然之色的夏侯霸，夏侯淵不由得眉頭一蹙，心裡想道：仲權整日隨我於行伍中，雖說練得一身好武藝，且明練兵之法，但似乎還少了幾分歷練。他這般年紀，正是求學的好時候。若一直待在我身邊的話，恐怕會耽擱了他的前程……倒不如，為他尋個老師？

這念頭一起，便再也無法消抹去。

只不過，夏侯淵一下子也想不出合適的人選，又一次陷入了沉思。

「父親……您又怎麼了？」夏侯霸也有些奇怪，怎麼父親今天這麼容易走神呢？

夏侯淵省悟過來，啞然失笑。他突然間好像想起了什麼，又拿起白絹，仔細默讀一遍。

「來人！」

「在！」親兵閃身從屋外走進來。

夏侯淵笑道：「去把我那匹照夜白牽過來，立刻著人追上鄧海西，將牠贈與鄧海西妻弟，曹朋。告訴鄧海西，他的意思，我已經明白。請他放心。只管做事，我當於陳留，觀其大才。」

夏侯霸聞聽，頓時瞪大了眼睛。

【曹賊　卷五　帝都誰與爭鋒　完】

我們改寫了書的定義

董 事 長　王寶玲
總 經 理　兼　總編輯　歐綾纖
出版總監　王寶玲
印 製 者　和楹印刷公司

法人股東　華鴻創投、華利創投、和通國際、利通創投、創意創投、中國電視、中租迪和、仁寶電腦、台北富邦銀行、台灣工業銀行、國寶人壽、東元電機、凌陽科技(創投)、力麗集團、東捷資訊

◆台灣出版事業群　新北市中和區中山路2段366巷10號10樓
TEL：02-2248-7896
FAX：02-2248-7758

◆倉儲及物流中心　新北市中和區中山路2段366巷10號3樓
TEL：02-8245-8786
FAX：02-8245-8718

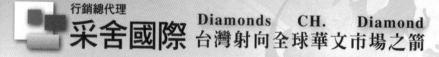

☞**您在什麼地方購買本書？**☜

☐便利商店＿＿＿＿＿☐博客來　☐金石堂　☐金石堂網路書店　☐新絲路網路書店

☐其他網路平台＿＿＿＿＿☐書店＿＿＿＿＿市／縣＿＿＿＿＿書店

姓名：＿＿＿＿＿地址：＿＿＿＿＿＿＿＿＿＿＿＿＿＿＿＿＿＿＿＿＿＿＿＿＿＿

聯絡電話：＿＿＿＿＿電子郵箱：＿＿＿＿＿＿＿＿＿＿＿＿＿＿＿＿＿＿＿＿＿＿

您的性別：☐男　☐女

您的生日：＿＿＿＿＿年＿＿＿＿＿月＿＿＿＿＿日

（請務必填妥基本資料，以利贈品寄送）

您的職業：☐上班族　☐學生　☐服務業　☐軍警公教　☐資訊業　☐娛樂相關產業

☐自由業　☐其他＿＿＿＿＿＿

您的學歷：☐高中（含高中以下）　☐專科、大學　☐研究所以上

☞**購買前**☜

您從何處得知本書：☐逛書店　☐網路廣告（網站：＿＿＿＿＿＿＿＿）　☐親友介紹

（可複選）　☐出版書訊　☐銷售人員推薦　☐其他

本書吸引您的原因：☐書名很好　☐封面精美　☐書腰文字　☐封底文字　☐欣賞作家

（可複選）　☐喜歡畫家　☐價格合理　☐題材有趣　☐廣告印象深刻

☐其他＿＿＿＿＿＿＿＿＿＿

☞**購買後**☜

您滿意的部份：☐書名　☐封面　☐故事內容　☐版面編排　☐價格　☐贈品

（可複選）　☐其他

不滿意的部份：☐書名　☐封面　☐故事內容　☐版面編排　☐價格　☐贈品

（可複選）　☐其他

您對本書以及典藏閣的建議＿＿＿＿＿＿＿＿＿＿＿＿＿＿＿＿＿＿＿＿＿＿＿＿＿

＿＿＿＿＿＿＿＿＿＿＿＿＿＿＿＿＿＿＿＿＿＿＿＿＿＿＿＿＿＿＿＿＿＿＿＿＿＿

＿＿＿＿＿＿＿＿＿＿＿＿＿＿＿＿＿＿＿＿＿＿＿＿＿＿＿＿＿＿＿＿＿＿＿＿＿＿

✌是否願意收到相關企業之電子報？☐是　☐否

✎**感謝您寶貴的意見**✎

✌From＿＿＿＿＿＿＿＿＿＿＿＿@＿＿＿＿＿＿＿＿＿＿＿＿＿＿＿＿＿＿

◆請務必填寫有效e-mail郵箱，以利通知相關訊息，謝謝◆

印刷品

$3.5
請貼
3.5元
郵票
不思議信箱
FUSIGI POST

235 新北市中和區中山路二段366巷10號10樓

華文網出版集團　收

（典藏閣－不思議工作室）

三國風雲之

曹賊

卷之伍

帝都誰與爭鋒

庚新 著

超合金叉雞飯 繪

曹賊/ 庚新作. -- 初版. --新北市：
華文網，2011.09-
冊； 公分. --(狂狷文庫系列)
ISBN 978-986-271-178-1(第5冊：平裝). ----

857.7 100014664

三國風雲之

曹賊

卷之伍

帝都誰與爭鋒

庚新 著
超合金叉雞飯 繪

狂狷文庫005

曹賊05-帝都誰與爭鋒

出版者■典藏閣
作　者■庚新　繪　者■超合金叉雞飯
總編輯■歐綾纖
製作團隊■不思議工作室
郵撥帳號■50017206 采舍國際有限公司（郵撥購買，請另付一成郵資）
台灣出版中心■新北市中和區中山路2段366巷10號10樓
電　話■(02)2248-7896　傳　真■(02)2248-7758
物流中心■新北市中和區中山路2段366巷10號3樓
電　話■(02)8245-8786　傳　真■(02)8245-8718
ISBN■978-986-271-178-1
出版日期■2012年06月
全球華文國際市場總代理／采舍國際
地　址■新北市中和區中山路2段366巷10號3樓
電　話■(02)8245-8786　傳　真■(02)8245-8718
新絲路網路書店
地　址■新北市中和區中山路2段366巷10號10樓
網　址■www.silkbook.com
電　話■(02)8245-9896
傳　真■(02)8245-8819